B. A. FUCHS

MRS. PINK

Prosaschleuder Verlag, Rheurdt

www.prosaschleuder.de

ISBN: 978-3-945149-03-4

Der Umschlag wurde gestaltet unter Verwendung
eines Fotos von Nigel Howe
www.nigelhowe.com

1

Obwohl ich in ein paar Minuten Jean-Jaques Petersen töten würde, aß ich den Hamburger ohne großen Appetit. Nicht die Schuld des Hamburgers. Der war ok und unterschied sich nicht von den tausenden Hamburgern, die ich schon beim Mäcces verdrückt hatte. Dass so etwas wie schlechtes Gewissen mir auf den Magen drückte, konnte ich auch ausschließen. Ich brauchte einen Moment, bis ich kapierte, dass es die Mord-Methode war, die mir übel aufstieß. In der Theorie klang alles so super, dass ich das merkwürdige Gefühl während der Vorbereitungen ignoriert hatte. Aber jetzt, im entscheidenden Moment, entluden sich die Zweifel in einem Anfall von Appetitlosigkeit.

Petersen betrat gerade den Konferenzsaal in der elften Etage des Thüring & Tomaselli-Towers und kämpfte sich durch händeschüttelnde und schulter-klopfende Vorstandsmitglieder zum Rednerpult vor. In einem Zimmer im zwölften Stock des EuroKontinental, 952 Meter von diesem Rednerpult entfernt, stand ein Barrett M107A1. Ich mag Schusswaffen, ich liebe Scharfschützengewehre, das Barrett würde ich heiraten.

Aber die tödliche Reinheit dieses einen Barretts hatte ich mit allerlei elektronischen Kinkerlitzchen verdorben. Das arme Ding. Statt des Leupold-Fernrohres war eine Kamera montiert; von einem kleinen Servomotor reichte ein Drahtbügel zum Abzug; das Stativ war im Boden verschraubt, der

Kugelkopf mit Linearmotoren ausgestattet; auf dem Bett lag ein Laptop, darauf lief ein Programm, das den ganzen Klimbim steuerte.

Ich saß in einem anderen Stadtteil beim dritten freudlosen HappyMeal und steuerte die Software auf dem Laptop über mein Smartphone. Klingt kompliziert, aber wenn man alles einmal eingerichtet hat, ist es nicht schwieriger, als mit dem Smartphone ein kleines Heimnetzwerk mp3-Dateien über die Stereoanlage abspielen zu lassen.

Mit den Pfeil-Icons justierte ich über die Linearmotoren den Bildausschnitt der Kamera auf dem Barrett, bis ich Petersen im Display zentriert hatte. Ich markierte ihn mit einer einkreisenden Geste und drückte das Zielscheibensymbol. Der Bildausschnitt wanderte sofort nach oben rechts. Eine Warnung machte sich auf dem Bildschirm breit: »Zieltoleranz kritisch! Zoom out?« Ich bestätigte und nahm mir vor, dem Hersteller der Software bei Gelegenheit eine korrigierte Sprachdatei zu schicken.

Zwei Minuten lang sah ich zu, wie der Bildausschnitt hin und her schwankte. Die Motoren am Stativ drehten und hoben den Lauf des Barretts um ein paar Zehntelmillimeter, dann senkten sie ihn wieder ein Fitzchen. Der Zoom vervielfachte diese winzigen Korrekturen zu einem sehr dramatischen, beinahe betrunkenen Eindruck.

Die Kommandos der konstanten Justierung kamen von der schlecht übersetzten, aber sonst sehr tauglichen Software, die vor allem auf den Input zweier Windmesser reagierte. Die hatte ich an Hochhausfassaden installiert, nicht allzu weit entfernt von der Schussbahn. Üblicherweise tut es ein einzelner Windmesser, aber wenn ein paar Wolkenkratzer auf einem Haufen stehen, hat das oft unabsehbaren Einfluss auf die Luftbewegungen. Deshalb lieber auf Nummer Sicher gehen. Auch wenn die 42 Gramm des .50 BMG-Geschosses dem Wind eine gewisse Massenträgheit entgegen setzten.

Jemanden zu töten, ist im Allgemeinen nicht besonders schwer. Das Problem ist, damit davon zu kommen. Deshalb der ganze Aufwand, mit dem ich die beiden wesentlichen Strategien deckeln wollte. Die erste Strategie ist naheliegend: Lass dich von niemandem dabei beobachten. Ich sah gerade aus wie irgendeine Frau, die im Mäcces an ihrem Smartphone rumspielt. Unverdächtiger geht es kaum. Das Zimmer im EuroKontinental hatte ich vorgestern unter falschem Namen gebucht, ein paar große Koffer schon dort hinbringen lassen. Heute morgen war ich als illegales osteuropäisches Zimmermädchen in die Suite gegangen, wobei die Kameras auf dem Flur nur meine Perücke zu sehen bekamen, und hatte das Barrett aufgebaut.

Jetzt war es an der Zeit, die zweite Strategie abzuschließen. Die besteht darin, dass alle denken, ein anderer wär's gewesen. Ich wischte die Scharfschützen-Software in den Hintergrund, und schickte eine SMS. Dann loggte ich mich in eine der Mikro-Kameras ein, die ich in der Suite installiert hatte. Nach zwei Minuten öffnete sich die Zimmertür, Frederico D'Accione kam herein. Herbeizitiert von der SMS, wie das sein vermeintlicher zukünftiger Auftraggeber mit ihm verabredet hatte. Freddy, der Henker; mein Sündenbock. Ich hatte ihn gewählt, weil er als Freund von Technikspielereien galt und weil ich wusste, dass Petersen südeuropäische Geschäftsverflechtungen immer abgelehnt hatte.

Vielleicht, weil er nichts mit Verbrecherbanden zu tun haben wollte. Vielleicht war er auch nur ein rassistischer Arsch. Jedenfalls würde die Hypothese, dass er die Mafia vor den Kopf gestoßen hatte, den Ermittlern sehr verlockend erscheinen.

Ein weiterer Grund für Freddy: Er hielt sich zwar für clever, und im Vergleich mit seinen dumpfbackigen Schläger-Kumpanen war er das auch. Aber trotzdem marschierte er weiter in die Suite, obwohl sich niemand meldete. Mal sehen, wie doof er tatsächlich war. Ich drückte eine Schaltfläche auf meinem Display. Aus dem Raum, in dem das Barrett stand, sollte jetzt ein elektronisches Zwitschern zu hören sein. Freddys Reaktion: Er ging zur Quelle des Geräuschs. Ich wechselte zu der zweiten Kamera. Freddy bestaunte das Barrett, dann musterte er das Laptop, das auf dem Bett lag. Er begriff ziemlich schnell, worum es ging. Immerhin. Aber er machte sich nicht aus dem Staub, sondern las den Text in dem großen, roten Popup-Fenster: »Druecke S für Stop«. Ich hatte den Code ein bisschen manipuliert; vorher hieß es: »Press S für schiessen«.

Freddy tat mir den Gefallen, löste den Schuss aus und hinterließ einen sauberen Fingerabdruck. Ich beobachtete auf der einen Hälfte meines Displays, wie er panisch aus der Suite rannte, während auf der anderen Hälfte Jean-Jaques Petersen mit einem ziemlich großen Loch im Kopf zusammensackte.

Ich hatte meinen Auftrag erfüllt und einen Haufen Geld verdient, aber so richtig toll fühlte ich mich nicht. Ich wollte das ganze System mal ausprobieren und es funktionierte erwartungsgemäß gut. Aber mir fehlte die Befriedigung, die Sache persönlich zum Abschluss gebracht zu haben. Hätte ich mir eigentlich schon vorher denken können. Natürlich hatte mir die Vorbereitung Spaß gemacht. Aber wenn man an einem Marathonlauf teilnimmt, will man ja auch nicht die letzten fünf Meter und über die Ziellinie getragen werden.

Diesen Mord würde ich in meinem Lebenslauf also lieber verschweigen. Es kam mir so vor, als hätte jeder Depp den hinbekommen.

Ich war mit meinen Gedanken immer noch bei der Zukunft meines Berufs, und dass sich mit so einer Ausrüstung Legionen von Amateuren und Dilettanten breit machen und die Preise ruinieren würden, als ich in mein Hotel zurückkehrte.

Jahrelang war ich in irgendwelchen Absteigen untergekommen, die als verschwiegen galten. Bis ich mir überlegt hatte, dass die richtig teuren Hotels sich besser eigneten: Unter den Reichen und Schönen sucht kein Polizist eine Söldnerin. Schon gar nicht, wenn die auch reich und schön ist. Der Zimmerservice ist besser, die Angestellten sind attraktiver.

Aber die Typen an der Rezeption sind durch die Preisklassen alle gleich mies. Der hier stellte eine Maske blasierter Gleichgültigkeit zur Schau. Er hielt mir irgendein Formular hin, das ich unterschreiben sollte. War mir egal, ich hatte mich natürlich unter falschem Namen registriert. Ich machte einen ziemlich guten Witz, und er hob nicht mal eine Augenbraue. Dann eben nicht. Arsch. Unterschreiben, rauf ins Zimmer, Papa anrufen und dann ab unter die Du–

Rüdiger »Pokerface« Tennenberg beobachtete aus dem Augenwinkel, wie die große Frau mit den schulterlangen, blonden Haaren durch die Drehtür kam. Sie trug khakifarbene Sommerkleidung, etwas burschikos und etwas zu lässig. Auf ihrem T-Shirt hielt jemand ein Gewehr in die Höhe, darüber stand in groben Lettern »this is my boomstick«. Sie schien in Gedanken versunken, aber er bemerkte, dass sie, mehr automatisch, die Lobby scannte. Ihre Augen unter den unterschiedlich weit geöffneten Lidern huschten von einem Gast zum nächsten und ruhten einen Moment auf dem Pagen. Sie war Mitte zwanzig und man hätte sie leicht für die Geliebte eines reichen, alten Mannes halten können. Tennenberg beobachtete tatsächlich zwei der reichen, alten Männer, wie sie, Ellenbogen knuffend, Pläne schmiedeten, die junge Frau in diese Rolle zu leiten, mithilfe vermeintlich charmanter Sprüche und unauffällig um die Finger wirbelnder Porsche-Schlüssel. Tennenberg gestattete sich ein inneres Lächeln, weil er wusste, dass es sich nicht in seiner Mimik spiegeln würde: Die Lustgreise wären bestimmt weniger geil, wenn sie wüssten, dass die junge Frau die letzte Aktive der Kowalskis war, jenes legendären Clans von Auftragsmördern.

Kowalski, die in diesem Hotel als Sybille Jakobs eingeschrieben war, hatte die Rezeption erreicht. Tennenberg hielt ihr ein Klemmbrett hin und bat sie um ihre Unterschrift. Er entschuldigte sich wortreich für die Umstände, die er ihr bereiten musste.

Sie spielte an dem Stift, der mit einer Kette an einem schweren Ständer befestigt war.

»Ja, schon gut, kein Problem. Sagen Sie mal, so einen Kuli mit Klokette habe ich seit Ewigkeiten nicht mehr gesehen. Ist das hier nötig? Ich dachte, Ihre Gäste hätten genug Kohle ... Oder haben die alle ihr Imperium auf geklauten Kugelschreibern begründet? Und jetzt, dreihundert Jahre später, werden die sentimental und wollen sich beweisen, dass sie auch in hohem Alter noch mal von vorne anfangen könnten?«

Ihre Stimme klang, als würde man sich mit einer Nagelfeile an der Kante eines großformatigen Blechs zu schaffen machen, aber auch die Abscheu vor dieser Klangattacke hatte keinen Einfluss auf Tennenbergs Gesichtsausdruck. Deshalb nannte man ihn Pokerface und deshalb hatte man ihn engagiert. Die Frau war unfähig, die Emotionen ihrer Mitmenschen unterschwellig wahrzunehmen und musste den Gemütszustand ihres jeweiligen Gegenübers bewusst an Mimik und Gestik ablesen. Ein Mann mit beidseitiger Gesichtslähmung war also die Idealbesetzung, ihr eine Falle zu stellen.

»Wenn Sie jetzt bitte unterzeichnen würden, Frau Jakobs ...«

Tennenberg betätigte den Schalter unter der Theke, die Falle war scharf. Die Frau griff nach dem Kugelschreiber an der Kette. Als sie die Spitze des Schreibers auf das Formular drückte, schloss sich der Kontakt, dreißigtausend Volt flossen durch ihren Körper. Die feinen elektrischen Signale, mit denen die Nerven Input zum Gehirn schickten und mit denen das Gehirn den Muskeln Befehle erteilte, verschwanden wie Tropfen in einem Ozean. Kowalski zuckte wild und mit all ihren Gliedern, konnte aber den Stift nicht loslassen. Spucketropfen aus ihrem Mund landeten auf dem Tresen. Ein Mann näherte sich mit schnellen Schritten, hob seinen

Arm. Aus seiner Faust ragte eine Nadel. Einen Sekundenbruchteil, bevor der Mann die Betäubungsspritze in Kowalskis Nacken rammte, schaltete Tennenberg den Strom aus.

Die Betäubung setzte innerhalb weniger Herzschläge ein. Kowalski taumelte zurück und sackte zusammen. Der Mann hatte die Spritze in seiner Jackentasche verschwinden lassen, beugte sich über die bewusstlose Frau, imitierte Ersthilfe-Maßnahmen und nahm ihr unauffällig eine große Pistole und ein orangefarbenes Messer ab. Tennenberg wählte eine Nummer auf seinem Telefon und rief unter den Augen und Ohren der unbeteiligten Lobby-Gäste nach einem Rettungswagen.

Vier Minuten nach dem Anruf bahnten sich zwei Sanitäter einen Weg durch die Gaffer, luden die arme Frau Jakobs auf die Trage und machten sich mit dem Mann, der sich ihnen als Dr. Kupfer, Internist, vorgestellt hatte, auf dem Weg ins Krankenhaus.

Das sollten jedenfalls die Zeugen glauben. Tennenberg debattierte noch mit zweien der Gäste über die schreckliche Krankheit Epilepsie, ausgerechnet so eine hübsche, junge Frau; dass Hunde solche Anfälle angeblich vorausahnen können, und überhaupt wäre es sehr tragisch, aber sie würde sicher gut versorgt werden.

Er steckte den Kugelschreiber samt Kette und Ständer unter dem Tresen in die Aktentasche, die mit seinem Monogramm versehen war, und begutachtete das Klemmbrett und den Zettel. Das Papier war zerrissen, auf dem harten Plastik des Klemmbretts hatten die Zuckungen der Frau eine Linie des Krampfes graviert. Ein schönes Souvenir.

Zwei Stunden später endete die Schicht, die er als

Vertretung für den plötzlich erkrankten Portier geschoben hatte, mit einem Dank des Managers, und dass er Tennenbergs besonnenes Verhalten gegenüber der Zeitarbeitsfirma, die ihn vermittelt hatte, auf jeden Fall lobend erwähnen würde. Tennenberg war sicher, dass der Manager es spätestens nach dem dritten Versuch aufgeben würde, die verwaiste Nummer der Briefkastenfirma zu erreichen.

Wilhelm Gärtner, unter diesem Namen kannten ihn jedenfalls seine Nachbarn, legte das Gamepad beiseite und seufzte. Seine Konzentration ließ zu wünschen übrig. »The Legend of Zelda« hatte er besser in Erinnerung gehabt. Vielleicht lag es auch an den gestiegenen Ansprüchen aus drei Jahrzehnten, die er seine Freizeit nun schon mit Videospielen füllte.

Aber was ihn am meisten beim Spielen störte: das Telefon. Weil es nicht klingelte. Mückes Anruf war jetzt zwei Stunden überfällig.

Es stank ihm, dass sie ihren Beruf nicht aufgeben wollte. Sie hatten beide mehr als genug Geld für ein sorgenfreies Leben. Aber sie zog weiter durch die Weltgeschichte und ließ sich für miese Jobs anheuern, sofern sie ihr interessant genug erschienen.

Er war nicht mehr ihr Chef und konnte ihr keine Vorschriften machen, aber als ihr Vater hatte er darauf bestanden, dass sie ihn auf dem Laufenden hielt und sich nach Erfüllung ihrer Aufträge meldete. Mücke hatte die Augen gerollt und gemeckert wie ein Teenager. Aber natürlich konnte sie ihm die Bitte nicht abschlagen, so loyal war sie doch.

Dieses Mal meldete sie sich nicht. Nicht mal eine SMS mit einer numerisch codierten Lagebeschreibung. Sie hätte dazu auf dem Touchscreen ihres Telefons lediglich ein paar Gesten mit dem Finger andeuten müssen. Ein Vorgang, den sie schon mit links ausgeführt hatte. Während sie mit dem Colt in ihrer rechten Hand eine Horde Kleinganoven erschoss, denen sie einen USB-Stick mit gestohlenen Geheimrezepten für Anti-Aging-Cremes wieder abnehmen sollte. Bei Gärtner war daraufhin eine SMS mit der Zahl 485 angekommen, und er wusste, dass seine Tochter in Schwierigkeiten steckte, sich nicht melden konnte, aber keine Hilfe brauchte.

Zwei Mal hatte er keine Nachricht von Mücke bekommen. Als sie noch für ihn arbeitete, als er noch der Chef der Kowalskis war. Einmal hatte sie Pech gehabt, ihre Tarnung flog auf. Gärtner hatte die Festung des Drogenbarons gestürmt und das Mädchen aus dessen Folterkeller befreit. Die Infiltrationsmission mutierte zu einem Massaker, und der Auftraggeber leistete keine Restzahlung. Zu Recht. Beim zweiten Mal hatte sie sich mit ihrer Großmäuligkeit selber in die Scheiße geritten, die Gefährlichkeit eines Gegners unterschätzt. Typisch für sie. Jahrelang hatte Gärtner sie mit simulierten Gefahrensituationen darauf trainiert, reale Bedrohungen zu erkennen. Aber das Training konnte echte Angst nicht ersetzen, und diese überlebensnotwendige neurologische Funktion fehlte ihr.

Natürlich rettete er sie auch dieses Mal. Und als sie das Blut ausspuckte, ihren Mund öffnete, fragte sie ihn durch ihre ausgeschlagenen Schneidezähne: »Waf willft u enn hier? Ich war och welber chulg!« Dass ihm das egal war, dass er sie geholt hatte, weil

12

er ihr Vater war, weil sie seine Tochter war, weil diese Bindung für ihn über bloße Verpflichtung hinaus ging, das verstand sie nicht.

Manchmal verstand er es selber nicht. Vor ziemlich genau zwanzig Jahren hatte Wolters, sein Kamerad, sie gefunden und in das Haus mitgebracht, dessen rechtmäßige Bewohner vor dem Krieg geflohen waren. Sie war damals fünf oder sechs, ein kleines, mageres, heiser plapperndes Ding in zerlumpter Kleidung. Fünf Minuten später stieß sie Wolters ein Steakmesser ins Ohr. Aus Notwehr, ja. Aber ohne Tränen, ohne Schreien, ohne Angst. Und ohne Skrupel. Sie lächelte befriedigt, als Wolters zurücktaumelte, mit der einen Hand an dem Messer in seinem Kopf, mit der anderen an seinem Schulter-halfter fummelte. Gärtner wollte dem Mädchen eine Kugel in den Kopf verpassen, stattdessen rettete er ihr Leben und erschoss Wolters, bevor der seine Waffe ziehen konnte. Eine Entscheidung, die Gärtner noch oft genug bereut hatte. Zum Beispiel als sie, im Alter von zwölf Jahren, ihn mit einer Brechstange erschlagen wollte, nur weil er sie zwang, ihr Zimmer aufzuräumen. Er fragte sich noch heute, wo sie die Brechstange her hatte. Oder wenn Mücke mit dem verrauschten Dauerräuspern, das man bei ihr als Stimme gelten lassen musste, endlose Monologe über obskure Filme dozierte.

Andererseits empfand er die Begegnung mit ihr wie den Fund eines Power-Ups: Um angemessen für das Kind zu sorgen, musste er sein Leben umkrempeln. Nach dem Tod seiner Frau war er in Lethargie gefallen und hatte jeden Job angenommen, der den Nachschub an Suff und Nutten finanzieren konnte. War sowieso alles egal, scheiß auf die Welt.

Ihm fiel keine treffendere Umschreibung ein als das alte Klischee: Mücke hatte seinem Leben wieder einen Sinn gegeben. Er war ein Berufsverbrecher, hatte nie etwas anderes gelernt, und wollte das auch nicht. Aber innerhalb dieses Rahmens bemühte er sich um Anstand, wollte dem kleinen Mädchen als Vorbild dienen. Also zog er seinen besten Anzug an, ging zu Josef Kowalskis Sohn, bot ihm ewige Loyalität und bat um Hilfe, als erstes um gefälschte Papiere, die ihm und dem Mädchen eine neue Identität als Vater und Tochter gaben.

Ein paar Jahre später waren die Kowalskis die beste Truppe Söldner, die man in Europa mieten konnte. Und Mücke entpuppte sich als Talent, wenn es um Mord in allen Variationen ging. Gärtner-Kowalski bildete sich ein, dieses Talent im Zaum gehalten zu haben, indem er seiner Tochter einen Kodex vermittelte, Regeln für die Auswahl ihrer Opfer: Nur gegen Bezahlung, nie Unschuldige, keine Rache und noch einiges mehr. Er bildete sich ein, dass sie ohne diese Regeln zu einer Serienmörderin geworden wäre, deren Opfer weltweit in die Hunderte gegangen wären, bevor man sie gefasst hätte. Hin und wieder gestand er sich ein, dass er sie stattdessen zu einer Massenmörderin geformt hatte, deren Opfer weltweit in die Hunderte gingen. Wenigstens war es um die meisten Menschen, die sie getötet hatte, nicht allzu schade. Trotzdem dachte er manchmal, dass er Wolters hätte retten sollen.

Aber das war Vergangenheit. Gärtner sah aus dem Fenster zu den Dünen. Wie immer bürstete ein heftiger Wind die Sträucher. Man konnte nicht ohne Jacke aus dem Haus gehen, obwohl keine Wolke die Sonnenwärme filterte. Und jetzt musste er wieder zurück nach Deutschland. Verdammte Göre.

Mücke steckte in der Scheiße. Er würde ihr jetzt erst den Arsch retten. Und dann versohlen.

Gärtner setzte sich an seinen Computer und lokalisierte den Sender, der seiner Tochter vor Jahren implantiert worden war: Frankfurt. Ausgerechnet. Er überlegte kurz und entschied sich dann, mit leichtem Gepäck zu reisen. Die Beretta mit zwei Magazinen und dazu zwei Granaten. Das sollte erstmal reichen, notfalls würde er unterwegs kaufen, was er brauchte. Er zog eine leichte Windjacke über und stieg in seinen Citroen XM. Der Zustand des XM spiegelte deutlich Gärtners Desinteresse an Automobilen wieder, aber seine Tochter hatte die alte Kiste technisch in Schwung gehalten und noch ein paar Pferdchen unter die Haube gepresst, wenn sie sich bei ihren gelegentlichen Besuchen gelangweilt hatte.

»Warum machst Du nicht eine Autowerkstatt auf?«, hatte er sie gefragt.

»Du weißt doch, wie die Bearbeitung von Reklamationen aussähe ...«

»Stimmt. Tote Kunden sind in dieser Branche keine gute Werbung.«

»Eben. In meiner aber schon.«

Es war nicht mehr »unsere« Branche. Er war nicht mehr ein so großer Teil ihres Lebens, wie er gerne gewesen wäre. In anderen Familien entstehen solche Situationen, wenn die Tochter heiratet. Gärtner grinste in sich hinein, das musste er kaum fürchten. Falls doch: Auf den Mann war er wirklich gespannt.

Es war jetzt kurz nach acht. Die knapp tausend Kilometer bis Frankfurt sollten mit ein bisschen Glück in weniger als sechs Stunden zu schaffen sein.

2

Ich wachte auf und merkte sofort, dass mir alles Mögliche fehlte. Vor allem Kopfschmerzen. Man hatte mich mit Strom schockiert und sofort danach mit einem sehr schnell wirkenden Mittel betäubt. Einfach, dabei wirkungsvoll. Respekt. Ich hätte erwartet, mit einem Brummschädel aufzuwachen, doch die Giftmischer verstanden ihr Handwerk. Und weil die Kopfschmerzen fehlten, konnte ich annehmen, dass mein Zustand meinen Entführern nicht gleichgültig war.

Was noch fehlte, waren mein Colt, mein Messer, meine Bewegungsfreiheit und optischer Input. Colt und Messer trage ich fast immer, außer beim Duschen und Baden. Die beiden haben sich über die Jahre in meine Eigenwahrnehmung geschlichen. Wenn einer fehlt, fühle ich mich nackt.

Statt der Halfter spürte ich um sämtliche Körperteile einen Haufen Gurte, die mich auf einer glatten, harten Ebene fixierten. Natürlich musste ich an all die Horrorfilme denken, in denen irgendwelche Sadisten ihre Folterphantasien an entführten Mittzwanzigern ausleben. Na, da hatten sie sich ja die Richtige ausgesucht.

Vielleicht hatte man mir schon den Sehnerv gekappt. Das wäre natürlich kacke. Meine Augen waren noch da und offen, da war ich mir sicher, aber ich konnte nichts sehen. Total dunkel. Ich kam auf die Idee, die Augen zuzukneifen und konnte ein paar bunte, tanzende Blitze produzieren. Erst dachte ich:

»Prima, Sehnerv doch nicht gekappt«, aber dann war ich unsicher, ob die Blitze nicht auch ohne Sehnerv entstehen würden. Musste ich später mal bei Wikipedia gucken. Oder mir vorlesen lassen.

Was nicht fehlte, war meine Prothese. Gut. So ein voll beweglicher Ringfinger ist nicht gerade billig.

Worauf ich hätte verzichten können: Das feuchte Gefühl im Schritt. Jemand hatte sich ein kleines Späßchen mit mir gestattet, während mein Bewusstsein draußen im Foyer mal kurz eine rauchen war. »Ich bin Buck, und ich bin hier für'n Fuck« ... Eigentlich war das zu diesem Zeitpunkt mein kleinstes Problem, aber es ist halt eklig, wenn Sperma in die Arschritze sickert.

In meiner linken Hinterbacke zwickte es. Genau die Stelle, wo der Sender implantiert war. Wahrscheinlich hatte man ihn entfernt. Papa konnte mich jetzt nicht mehr finden. Und ich konnte nicht kratzen.

Kacke.

Gärtner stand am Ufer des Main und wollte nicht glauben, dass Mückes derzeitiger Aufenthaltsort fünfzig Meter vor ihm lag. Mochte ja sein, dass man seine Tochter von der Carl-Ulrich-Brücke geworfen hatte. Aber laut Log hatte der Sender seinen Standort in den letzten zehn Stunden nur um wenige Meter flussabwärts verändert. Und einen menschlichen Körper musste man schon mit einigem Gewicht beschweren, um ein Abtreiben in der Flussströmung so weit zu bremsen. Soviel Gewicht, dass man es nicht mal eben über die Brüstung einer stark befahrenen Brücke kippen konnte. Also ging Gärtner davon aus, dass im Schlick nur der Sender steckte.

Wenn er sich täuschte, würde auch kein Tauchgang mehr helfen.

Er stieg in den Citroen, wendete, fuhr wieder vorbei an dem Clubheim des lokalen Ruderclubs. Links auf die Dieburger Straße, Linkskurve und wieder rechts: Ferdinand-Porsche-Straße.

In der großen Halle auf der rechten Seite hatte sich Mücke, oder zumindest ihr Sender, eine Weile aufgehalten. Aber niemand war zu sehen, den man hätte befragen können. Kein Firmenschild, nicht einmal eine Telefonnummer wies auf jemanden, dem Gärtner die Hölle heiß machen konnte. Nur ein »Zu vermieten«-Schild von »Immotelligence«. Gärtner notierte die Telefonnummer. Aber die Daten des kleinen Senders waren nicht auf den Meter genau, er war nicht sicher, ob die geloggte Position sich tatsächlich innerhalb des Gebäudes befand. Konnte auch sein, dass man hinter der Halle nur einen Fahrzeugtausch vorgenommen hatte.

Die Fahrt nach Frankfurt steckte Gärtner immer noch in den Knochen. Und im Kopf. Zehn Stunden, viel länger als geplant. Und jetzt tappte er von einer Sackgasse in die andere, verplemperte Zeit, die Mücke vielleicht am Ende fehlen würde.

Er fühlte, wie die Ohnmacht und die Sorge seine Gedanken trübten. Er beschloss, fünf Minuten für einen Moment der Entspannung zu opfern, machte sich auf der Rückbank des Citroen so lang es ging und klärte seinen Verstand mit ein paar Formeln, die er wiederholte.

»Ich bin ruhig.«

»Ich werde überlegt handeln.«

»Ich werde sie retten.«

Viel besser.

Gärtner setzte sich wieder hinter das Steuer. Ein Anruf bei Immotelligence wäre Plan B, aber Plan A war der Besuch im Hotel. Dort musste man Mücke gesehen haben. Jemand musste wissen, was mit ihr passiert war. Und dieser Jemand würde reden.

Das Licht ging an. War der Sehnerv also doch noch da. Ich lag in einem Raum mit weiß gekalkter Decke. Meinen Kopf konnte ich nicht großartig bewegen, weil er an dem Tisch festgezurrt war, aber was ich von den Wänden sah, stammte vom gleichen Innenarchitekten. Selbst für ein Krankenhaus war das ein bisschen sehr trist.

Ich vertrieb mir ein paar Minuten oder Stunden mit dem Erzählen von Witzen, die ich noch nicht kannte, dann setzte sich die Platte, auf der ich lag, in Bewegung. Ein fahrerloses Transportsystem. 1983 hätte man mich damit beeindrucken können. Wenn ich da schon gelebt hätte. Eine Tür ging mit einem spacigen Piep-Zisch auf, und ich wurde durch einen Flur gekarrt, dessen einzige Abwechslung zum bekannten Anblick eine gelegentliche Neonröhre darstellte. Ein weiteres Piep-Zisch, und ich stand mit meinem Taxi in einem kleinen Raum. Der Tisch drehte sich in die Senkrechte, die Gurte lösten sich mit einem Klacken und ich stand auf meinen Füßen. Ein bisschen wackelig, aber ein paar improvisierte Trainingseinheiten später fühlte ich mich wieder zu allen Schandtaten bereit. Vor allem konnte ich endlich meine Arschbacke kratzen. Herrlich.

Man hatte mich in einen pinkfarbenen Overall gesteckt. Mein Boomstick-T-Shirt war futsch. Kacke.

Einer der Gurte schlang sich noch um meinen Hals. Als ich ihn betastete, fühlte ich: das war nicht einfach nur ein Halsband. Fast über ganzen Umfang war das Ding mit rechteckigen Erhebungen bestückt, außer im Nacken. Dort fand ich etwas, von dem ich annahm, dass es ein Tastenfeld sein sollte. Vielleicht hatte ich zu viele Science-Fiction-Filme gesehen, aber der Gedanke, dass dieses Halsband als elektronische Fessel diente, drängte sich mir auf wie ein Besoffener in der Single-Bar.

Hinter mir hatte die Edelstahlplatte, auf der ich hierhin kutschiert worden war, die Türöffnung verschlossen. Ich hatte keine Zweifel, dass ich beobachtet wurde, und mit Versuchen, die Tür aufzubrechen, würde ich mich nur blamieren. Im gefliesten Boden rang eine alarmrote Fläche um Aufmerksamkeit. Ich ignorierte sie, aber natürlich stellte ich mich auch nicht drauf.

Gegenüber der Tür hatte man die Ecken des Raums abgeschrägt. Die Stirnwand und die schmalen Ecksäulen glänzten schwarz, wie folierte Fenster eines Autos, dessen Passagiere sich für interessant genug halten, nicht gesehen werden zu wollen.

Offensichtlich Flüssigkristalle, denn das Schwarz rutschte irgendwann in einem gewollt chaotischen Muster nach unten, die Fenster wurden durchsichtig.

Meine Zelle war eine von acht identischen, die im Kreis angeordnet waren und mit den Ecken aneinanderstießen. Mir direkt gegenüber blickte ein distinguierter älterer Herr mit grauem Kinnbart in die Runde. Er trug einen ähnlichen Overall wie ich, aber in knalligem Orange. Ich kannte ihn. Das war Caspar von Lindenthal. Ja, so kann man heißen. Und ich war einer von vielleicht fünf Menschen auf der Welt, die wussten, dass das sein echter Name war. Ein Gentleman-Killer alter Schule. Papa bewunderte ihn und hatte mir mal eine Kooperation mit Caspar vermittelt. Abgesehen von seinem Kettenraucher-Atem hatte ich nur gute Erinnerungen daran. Ich habe damals viel von ihm gelernt. Natürlich ignorierten wir uns.

Direkt rechts neben ihm, in einem roten Overall, tastete Dimitri an dem Fenster herum. Dimitri, der Russe, den man so nannte, der aber aus der Schweiz stammte. Er schüttelte seine lange, lockige, straßenköter-blonde Nackenmatte zurück. Als ich ihn das letzte Mal gesehen hatte, ließ ich ein paar Kommentare zu seiner Frisur ab. Fand er nicht lustig. Aber oben Haarausfall und hinten Dreadlocks, das geht ja mal gar nicht. Er fing an, mit der bloßen Faust auf das Glas einzuschlagen. Vielleicht war er sauer, dass man ihm die Dreadlocks gelöst hatte. Normales Glas hätte ihm nicht widerstanden. Dimitri war verrückt genug, die Festigkeit der Scheibe zu testen, bis seine Knöchel bluteten. Dann bemerkte er mich und gestikulierte mir, dass er meine Fotze lecken wollte. Ich winkte ihm Bruce-Lee-mäßig, dass er gerne herkommen solle. Er grinste dreckig.

Vier der Männer in den anderen Zellen kannte ich nicht. Aber selbst ich, mit meinem speziellen Filter in der Wahrnehmung, habe irgendwann gelernt, auf bestimmte Kleinigkeiten zu achten. Obwohl die Typen in ähnlich bunten Overalls steckten, ebenfalls so ein doofes Halsband trugen und damit ein bisschen dämlich aussahen, hatte ich keine Zweifel daran, dass wir alle zusammen auf eine deutlich vierstellige Zahl an Opfern kommen würden. Man könnte fast meinen, hier würde ein Vereinstreffen der Auftragsmörder e. V. stattfinden.

Der einzige, der nicht so richtig in unsere Runde passte, stand links von mir, in einem weißen Einteiler: Frederico D'Accione. Freddy, der Henker. Er kam mir vor wie eine Knallerbse unter Kanonenschlägen.

Ich hatte die ganze Zeit meine Klappe gehalten, auch wenn es mir schwer fiel, aber jetzt konnte ich mich nicht mehr zurück halten. Zumal ich nun ein Publikum hatte. Hoffentlich hörte man mich auch.

»Ich hätte nicht gedacht, dass ich mal eine wirklich passende Gelegenheit für diesen Spruch finde, und so abgelutscht er auch ist, aber: ›Toto, es scheint mir, als ob wir nicht mehr in Kansas wären!‹«

»Guten Morgen, mein Name ist Gärtner. Ich war hier mit einem ihrer Gäste verabredet, Sybille Jakobs. Leider scheint sie verhindert zu sein … Hat sie mir vielleicht eine Nachricht hinterlassen?«

Der Portier setzte einen Gesichtsausdruck auf, der Gärtner gar nicht gefiel: Anteilnahme.

»Für Frau Jakobs musste gestern Abend bedauerlicherweise ein Rettungswagen gerufen werden.«

»Was ist passiert?«

»Nichts Lebensbedrohliches, soweit ich weiß.«

»In welches Krankenhaus hat man sie gebracht?«

»Das entzieht sich leider meiner Kenntnis.«

»Ok. Haben Sie ein Telefonbuch?«

Der Portier griff unter seinen Tresen, reichte Gärtner das Verzeichnis und nannte ihm die drei Hospitäler, die dem Hotel am nächsten lagen.

Ein echter Notfall hätte nicht zu der Route des Senders gepasst, aber Gärtner wollte diese Möglichkeit nicht übergehen. Eine Viertelstunde und ein halbes Dutzend Anrufe später stand für Gärtner fest, dass er seine Tochter nicht an einem Krankenbett besuchen konnte.

Er fragte den Portier nach dem Chef der Hotel-Security und erntete einen skeptischen Blick.

»Ich glaube nicht, dass Herr Teodorescu ihnen helfen kann.«

»Das sehen wir dann.«

Fünf Minuten später forderte Teodorescu ihn auf, in einem der Lobby-Sessel Platz zu nehmen.

»Was kann ich für Sie tun, Herr Gärtner?«

»Sybille Jakobs ist meine Tochter. Bevor Sie fragen: Sie hat den Mädchennamen ihrer Mutter angenommen. Anscheinend ist ihr hier etwas zugestoßen und man hat sie in einem Rettungswagen abtransportiert. Ich kann nicht feststellen, in welches Krankenhaus. Ich befürchte eine … Unregelmäßigkeit. Ich nehme an, dass der ganze Vorfall von ihren Kameras aufgezeichnet wurde und bitte Sie, die Aufnahmen zu prüfen und mir die Nummer der Ambulanz mitzuteilen.«

Teodorescu musterte sein Gegenüber. Der Mann war etwas zu gelassen. Entweder die Vater-Tochter-Beziehung war eine Lüge, oder, beunruhigender, das war nicht das erste Mal, dass »Gärtner« auf »Unregelmäßigkeiten« stieß. Teodorescu hatte in seiner Vergangenheit viel Mühe darauf verwendet, sich von einem Umfeld abzunabeln, das anderen Leuten »Unregelmäßigkeiten« bereitete. Aber seine Instinkte waren geschärft, er erkannte die latente Bedrohung, die Gärtner ausstrahlte.

»Herr Gärtner, ich bin selber Vater und kann Ihre Sorge verstehen, aber aus Gründen des Datenschutzes darf ich Ihnen keine Auskunft geben. Bitte wenden Sie sich an die Polizei.«

»Tausend Euro.«

»Nein. Auch nicht für zehn- oder hunderttausend. Ich habe lange und hart für diesen Posten gearbeitet, ich werde das nicht für ein paar Euro riskieren. Tut mir leid.«

»Ok.«

Gärtner stand ohne Abschiedswort auf und verließ die Lobby.

Caspar verdrehte die Augen in gespielter Genervtheit. Er kannte meine Schwäche für Filmzitate. Vielleicht besser, als ihm recht war. Zwei oder drei der anderen Männer grinsten ein bisschen. Man hatte mich also gehört.

»Ganz recht, Mrs. Pink, Sie sind hier nicht mehr in Kansas!«

Die Stimme drang aus meinem Halsband. Aus den Mienen meiner Mitgefangenen schloss ich, dass die das ebenfalls zu hören bekamen. Nach einer Kunstpause, die an unserer kollektiven Coolness verpuffte, fuhr der Sprecher fort.

»Wir freuen uns, sie alle hier begrüßen zu dürfen. Erlauben sie mir, dass ich sie einander vorstelle: Im orangefarbenen Overall der große, alte Mann des Auftragsmordes, Henry Bishop. Als sehr junger Mann drei Touren in Vietnam, in den fünf Jahren danach hauptsächlich für den CIA tätig …«

Der Sprecher rasselte ein paar Fakten aus Caspars Leben herunter. Aber seine Informationen waren lückenhaft, soweit ich das beurteilen konnte. Unter anderem kannte er eben nur seinen am häufigsten gebrauchten Tarnnamen. Andererseits waren eine oder zwei der Anekdoten aus Caspars Karriere mir auch nicht bekannt.

Dimitri Egli, Mr. Red, hatte sich der russischen Armee in Afghanistan angedient und dort fünfmal mehr Mudschaheddin getötet als der nächstbeste Russe. Obwohl er kein gebürtiger Russe war, holte man ihn zu Speznas GRU, den Spezialkräften des Militärgeheimdienstes, und schliff den groben, psychopathischen Mörder zu einer effizienten Mordmaschine um. Ich hatte mal gehört, dass in Tschetschenien immer noch eine Million Dollar auf seinen Kopf ausgesetzt waren. Im neuen Jahrtausend hatte er sich dann allen angeboten, die einen Mann für die richtig dreckigen Jobs brauchten. Flüchtlingslager mit Napalm-Granaten beschießen oder so was.

Mr. Brown war ein Schwarzer von ähnlicher Muskelmasse wie Dimitri und sogar noch größer als der. Unsere Entführer hatten nur seinen Spitznamen herausfinden können: Bazooka Joe. Er machte keine Anstalten, sie aufzuklären, nickte aber versonnen, als sie seinen Werdegang vom Ghettokind zum gefürchtetsten Killer in Florida schilderten. Anscheinend hatte er für sämtliche am Drogenhandel beteiligten Parteien gearbeitet, egal ob kolumbianisches Kartell oder Extremisten innerhalb der Drug Enforcement Administration. Ein Geschäftsmodell, das ich befürworte.

Im gelben Overall steckte Yoshimura Honda, ein stiller Typ mit unbewegtem Gesicht, wie man das von einem Asiaten auch erwartet. Er war innerhalb der Triaden zu beträchtlichem Ruhm und Ansehen gekommen, vor allem deshalb, weil er die meisten seiner Opfer ganz traditionell mit einem Katana aufgeschlitzt hatte. Cool.

Die Faktenlage zu Mr. Blue, so gab der Sprecher zu, war äußerst dünn. Aber was er wusste, klang nach einem echten Ninja. Ich fragte mich, wie sie den dann überhaupt geschnappt hatten.

Der Grüne war ein Ire, der sich selbständig gemacht hatte, nachdem die Irisch-Republikanische Armee 2005 ihre Waffen niederlegte. Anscheinend gehörten die Gangs an der amerikanischen Ostküste zu seinen Auftraggebern, und sie konsultierten ihn oft und gerne.

Mich fragten sie nach meinem Vornamen und ich sagte: »Grace Kelly. Grace Kelly Kowalski«, was natürlich nicht stimmte, aber gut klang.

Die Liste meiner größten Hits sortierte mich ungefähr zwischen Mr. Brown und Mr. Green ein. Merkwürdig, wenn man sein Berufsleben so vor Augen geführt bekommt. Das waren doch schon ganz schön viele, die ich getötet hatte. Und die Entführer wussten nur von ungefähr einem Viertel. Gab mir doch ein bisschen zu denken.

»Und last but not least, in weiß, Frederico D'Accione, verdächtig des Mordes an 14 Menschen, die in der einen oder anderen Weise der Mafia Schaden hätten zufügen können.«

Ich war nicht die einzige, die bemerkte, wie weit abgeschlagen Freddy hinter uns anderen lag. Dimitri lachte laut los. Freddy wollte aber dazu gehören und sagte: »Das sind nur die, von denen man weiß!«

»Ach ja, gestern haben Sie noch Jean-Jaques Petersen, Vize-Junior-Geschäftsführer der Petersen Stahlwerke, erschossen, sehe ich gerade. Nun, das war wirklich ein ziemlicher Coup!«, sagte die Lautsprecher-Stimme.

»Genau!«, sagte Freddy, dessen Sarkasmus-Detektor anscheinend der Neukalibrierung bedurfte.

Schweigen fällt mir generell nicht leicht, und in diesem Fall konnte ich erst recht nicht an mich halten. Ich musste was sagen, bevor meine Schädeldecke abhob. Aber nicht unbedingt zum Thema Petersen.

»Hört mal, ihr Balsa-Schnitzer, was soll die Kacke mit den Farben? Der Russe ist rot, der Schwarze ist Mr. Brown, der Ire grün, der Japaner gelb? Und vor allem: Die Frau ist pink? Geht's noch? Wenn ich hier schon farbig markiert werde, kann man das nicht zufällig machen? Oder mich fragen? Meine Lieblingsfarbe ist orange, und der Herr da drüben sieht doch gut aus, der kann alles tragen, dem stünde sogar Pink nicht schlecht, und deshalb wäre mir sehr recht, wenn wir tauschen …«

»Nein«, sagte der Lautsprecher.

Caspar grinste. Er konnte einen Spruch vertragen, das wusste ich.

»Warum bin ich dann nicht wenigstens Mrs. Blonde? Ich meine, schließlich bin ich blond, und wenn man schon Tarantino zitiert: Ich habe keine Probleme damit, irgendjemandem ein Ohr abzuschneiden.«

»Wir haben uns nicht bei Tarantino bedient, sondern da, wo er sich hat inspirieren lassen …«

»Ach, der doofe U-Bahn-Film mit Walther Matthau? Das Remake ist besser. Auch, wenn ich eigentlich kein Freund von Remakes …«

»Können wir jetzt bitte wieder zum Thema zurückkommen? Sie, meine Herren, meine Dame, sind die erfolgreichsten Profi-Mörder der Welt. Wir wollen herausfinden, wer von Ihnen die Nummer Eins ist. Deshalb werden Sie einen Wettkampf austragen, den nur einer überleben wird.«

Ich hatte mir sowas schon gedacht. Der einzige andere Grund, soviel Killer-Kompetenz zu versammeln, wäre der Umsturz einer kleineren Industrienation oder etwas in der Art. Aber dann hätte man uns nicht verschleppt, sondern mit Geldscheinen gewunken. Dass man sieben der gefährlichsten Menschen entführt und auf einen Haufen schmeißt, zeugt von einem gewissen Maß an Chuzpe. Und bedarf einer verdammt guten Logistik. Unsere Entführer waren keine Schuljungen. Ich klebte ein mentales Post-It vor mein geistiges Auge: »Besser nicht unterschätzen!«

Auch Kacke: Unbewaffnet hatte ich gegen die Kraftprotze unter meinen Kollegen keine Chance. Und selbst die nicht ganz so muskelbepackten waren mir körperlich überlegen. Ich kenne zwar den einen oder anderen Trick, stärkere Gegner kampfunfähig zu machen, aber ich musste davon ausgehen, dass meine Kollegen diese Tricks auch kannten und abzuwehren wussten. Die meisten von denen waren echte Kampfmaschinen. Was unbewaffneten Kampf angeht, hatte ich mich mehr darauf konzentriert, sofort zu töten oder den Gegner wenigstens so treffen, dass ich Gelegenheit bekam, eine Waffe einzusetzen. Oder abzuhauen.

Wenn von denen jeder wusste, wie er seine Kraft optimal einsetzt, hätte ich in einem längeren Kampf keine Chance. Wahrscheinlich würde ich die erste Runde nicht überleben.

Ich bekam Hunger.

Ion Teodorescu rätselte immer noch über Gärtners Verhalten. Die kalte Abgeklärtheit, trotz der Notsituation seiner angeblichen Tochter, war schon merkwürdig genug. Aber das war es nicht. Irgendwas mit der Körperhaltung des Mannes stimmte nicht. Teodorescu beschloss, sich die Aufzeichnungen der Lobby-Kameras anzuschauen, er würde mit etwas Distanz vielleicht dahinter kommen. Er wollte gerade zur Überwachungszentrale in den Keller gehen, als sein Smartphone ihm das Eintreffen einer SMS meldete. Halb interessiert öffnete er die Nachricht. Sie bestand nur aus einer Internetadresse und den Worten »Ich habe Ihren Sohn. Bin in zehn Minuten wieder bei Ihnen. Gärtner«. Teodorescu tippte auf den Link, ein Film startete auf seinem Display.

Der Rücken eines Mannes, gefilmt aus der wackeligen, hochformatigen Perspektive einer Handykamera. Obwohl das Gesicht nicht zu sehen war, wusste Teodorescu, dass er auf Gärtners Rücken sah. Jetzt fiel ihm ein, was so merkwürdig war an dessen Verhalten im Hotel: Er hatte sein Gesicht auch dort immer von den Kameras abgewendet. Bevor Teodorescu diese Erkenntnis verarbeiten konnte, glühte der Schock sich wie ein Brandeisen in seine Hirnrinde: Gärtner klingelte an Teodorescus Haustüre. Noch bevor er den Gedanken »Mach nicht auf!« formuliert hatte, öffnete seine Frau die Pforte mit einem freundlichen Lächeln. Teodorescu sah hilflos zu, wie es von blanker Panik aus ihrem Gesicht gefegt wurde. Gärtner musste eine Waffe gezogen haben. Er drückte Eva brutal beiseite und schob sie ins Haus. Die Kamera folgte, das Bild verwischte und stabilisierte sich erst wieder auf Evas bewegungslosem

Körper. Sie lag mit blutverschmierten Lippen vor der Garderobe. Ein Schwenk zur Treppe, gerade noch fing die Kamera Gärtners Rücken ein, auf dem Weg zu Ilyas Zimmer, angelockt ohne Zweifel von dem Aggro-Rap, den der Junge den ganzen Tag hörte. Geschrei und Poltern, dann Stille. Wenige Sekunden später kam Gärtner die Treppe herab. Er hatte sich den leblosen Ilya über die Schulter geworfen und wandte sich dem Kameramann zu. Der gab ihm einen Rollkoffer, in den Gärtner den Körper des Zehnjährigen stopfte. Der Film endete.

Teodorescu atmete tief durch und versuchte, seine rasenden Gedanken zu ordnen. Seine Karriere im Sicherheitsdienst hatte er zu einem großen Teil seinem besonnenen Handeln zu verdanken. Und seiner Menschenkenntnis. Gärtner war ein Schwerverbrecher, diese Ahnung hatte sich radikal bestätigt. Aber ganz bestimmt kein hitzköpfiger Schläger. Eher jemand, der die Dinge lieber glatt laufen sieht. Und Teodorescu wollte alles tun, die Dinge so glatt wie möglich laufen zu lassen.

»Patrick, gleich kommt nochmal Herr Gärtner, der mit der verschwundenen Tochter … Ich erwarte ihn dann im Fernsehzimmer, ja?«

Der Portier zog in einer unausgesprochenen Frage die Augenbrauen hoch.

»Er hat sich telefonisch legitimiert. Ich zeige ihm unsere Aufnahmen.«

Patrick, der Portier, war zufrieden. Natürlich musste er eine Notiz für das Management formulieren, aber das war kein Problem.

Teodorescu störte Karl, den Kameraoperator, beim genussvollen Biss in eine Schinkenstulle.

»Kau erst zu Ende, nicht, dass Du mir Krümel auf meinen Anzug spuckst …« Teodorescu staunte über sich selbst, dass er so cool bleiben konnte. Der Schock würde wahrscheinlich hinterher umso heftiger einsetzen. Er zwang sich, nicht darüber nachzudenken, was »hinterher« bedeuten könnte.

»Gestern hat es einen Notfall an der Rezeption gegeben …«

»Ja, die Blondine mit dem epileptischen Anfall. Sowas habe ich noch nie gesehen. Hätte ich nie gedacht, dass das so plötzlich los geht. Wahnsinn!«

»Kann sein, dass da mehr hinter steckt. Gleich kommt jemand, der sich unsere Aufnahmen ansehen will. Kannst Du mir bitte die entsprechenden Dateien raussuchen? Interessant ist auch noch der Abtransport im Rettungswagen.«

Karl musste nicht lange suchen: Je zwei Kameras in Lobby und Tiefgarage lieferten die Bilder, die Teodorescu brauchte. Dem fiel auf, dass »Frau Jakobs« ebenfalls ihr Gesicht vor den Kameras verbarg. Jedenfalls solange, bis sie umkippte.

Teodorescu hatte die Tür nicht verschlossen. Als Gärtner mit einem kurzen »N'abend« den Raum betrat, widerstand er der Versuchung, dem Mann an die Kehle zu springen. Stattdessen bat er Karl, eine Zigarettenpause zu machen. Karl sah seinen Chef wegen des Mangels an Vertrauen beleidigt an, gehorchte aber.

»Wenn ich mich nicht in einer halben Stunde melde, wird der Kameramann Ihren Sohn töten.«

»Mir ist völlig klar, dass Sie am längeren Hebel sitzen. Ich werde nichts tun, was Ilya gefährdet.«

»Gut.«

Gärtner betrachtete die grobkörnigen Bilder, ohne eine Miene zu verziehen. Er notierte sich den Namen des privaten Rettungsdienstes, Nummernschild und Nummer des Rettungswagens und sah dann zu Teodorescu.

»Danke. Bitte löschen Sie Aufnahmen jetzt. Auch die Backups. Ich vertrauen Ihnen, dass keine Kopien mehr übrig bleiben.«

Während Teodorescu die entsprechenden Dateien suchte, fragte er: »Ist das wirklich Ihre Tochter?«

»Ja.«

»Was ist da passiert?«

»Ich glaube, der Portier hat sie getasert. Zu dem Kuli-Ständer führt ein Kabel. Das konnte sie von vorne nicht sehen. Er hält das Klemmbrett die ganze Zeit fest, ich nehme an, das zweite Kabel geht durch seinen Ärmel. Er schaltet den Strom in dem Moment ab, als der andere sie in den Nacken fasst. Spritze. Sehr gutes Timing. Wenn die ihr zwei oder drei Sekunden zur Regeneration gelassen hätten, könnten sie die Reste der Männer von den Wänden kratzen. Als sie am Boden liegt, entwaffnet der zweite Mann sie sofort. Die wussten, mit wem sie es zu tun hatten.«

Teodorescu entging nicht die Spur Stolz, die sich in Gärtners analytischen Ton gemischt hatte. Der Mann starrte auf den Monitor, als ob dort immer noch das Bild seiner reglosen Tochter zu sehen wäre. »Die wussten, mit wem sie es zu tun hatten, und die haben sie entführt …« sagte er, mehr zu sich selbst.

Teodorescu ahnte, dass der Schluss dieses Gedankengangs lautete: »… statt sie umzubringen.« Fast hätte er gefragt, warum die junge Frau entführt worden war. Aber es war ihm eigentlich egal.

Wahrscheinlich hatte ihr Vater Legionen von Feinden. Wichtig war nur, Gärtner nicht zu verärgern.

»Der Portier war nur Vertretung …«

»Dachte ich mir.«

»Die Adresse der Zeitarbeitsfirma, soll ich …«

»Kein Interesse. Ich will herausfinden, wo meine Tochter ist. Unwahrscheinlich, dass der Ersatz-Portier das weiß.«

Gärtner überlegte kurz, dann blickte er Teodorescu in die Augen. »Ich bin hier fertig. Sobald ich ein paar Meter zwischen Ihr Hotel und mich gebracht habe, veranlasse ich, dass Ihr Kind freigelassen wird. Ich bin froh, dass Sie so gut kooperiert haben. Insgesamt war Ihr Sohn dann weniger als eine Stunde in meiner Gewalt. Ich denke, er wird das wegstecken können. In seinem Zimmer habe ich einen Umschlag mit zehntausend Euro deponiert. Entschädigung.«

»Sie können sich Ihr Geld sonstwohin stecken!«

»Was Sie damit machen, ist Ihre Angelegenheit. Ich schätze Sie übrigens so ein, dass Sie an meiner Stelle genauso gehandelt hätten.«

»Vielleicht.«

»Sie werden die Polizei natürlich nicht verständigen.«

»Nein. Aber wenn ich Sie irgendwann mal wiedersehe, werde ich Sie töten.«

»Ja.«

Gärtner ließ Teodorescu stehen.

»Sie werden sich schon gefragt haben, was es mit den Halsbändern …«

»Ich wollte noch was sagen!«

»Mrs. Pink, Sie nerven.«

»Nur ganz kurz. Also, bei den anderen Verlierern hier ist es wahrscheinlich so, dass niemand Relevantes die vermisst. Ich möchte aber mal darauf hinweisen, und das wisst ihr Laubsäger bestimmt, dass mein Papa mich suchen wird, und er hat diese besondere Sorte Fähigkeiten, die Leuten wie euch … ach, ihr kennt den Rest dieser Rede. Wichtig ist der Schluss: Er wird euch finden und er wird euch töten.«

»Ja, ja. Viel Glück. Vielleicht ist er auch froh, dass er dich los ist. Meine Güte.«

Unser unbekannter Gastgeber musste sich einen Moment sammeln. Ich verschränkte die Arme und schob meine Unterlippe vor. Ein paar meiner Konkurrenten grinsten, vor allem Caspar amüsierte sich königlich.

»Ok, so läuft die Sache: Gleich werden die Türen hinter Ihnen sich öffnen. Jeder von Ihnen wird dann dem Gang folgen, der von Ihrer Zelle ausgeht. Diese Gänge enden an verschiedenen Punkten auf der Insel, auf der wir uns befinden. Ja, eine Insel. Bis zum nächsten Festland sind es ungefähr dreißig Seemeilen. Aber wir werden nicht zulassen, dass Sie mehr als hundert Meter hinaus schwimmen. Ihre Halsbänder können wir dank GPS orten. Außerdem sind fast über den ganzen Umfang Kameras integriert. Und natürlich Mikrofon und Lautsprecher. Sie haben dafür Sorge zu tragen, dass die Optik-Chips sauber bleiben, für ein ungetrübtes Bild. Versuchen Sie nicht, das Halsband zu lösen, dies kann nur über eine vierstellige Kombination geschehen, die über das Zahlenfeld einzugeben ist.

Ein bisschen old-school, aber wir haben unsere Gründe.«

Mr. Green tastete nach dem Ziffernblock.

»Ich würde Ihnen empfehlen, nicht weiter darauf herum zu tippen. Eine dreimalige, falsche Eingabe wird als nicht autorisiert …«

»Und was passiert dann? Wird meine Kreditkarte gesperrt?« Freddy sah eine Gelegenheit, mit trotzigem Sarkasmus Männlichkeitspunkte zu sammeln. So ein ähnlicher Spruch hätte auch von mir kommen können, zugegeben. Aber ich würde dann nie im Leben Beifall heischend zu meinem Publikum schauen. Freddy machte genau das, deshalb imponierte er niemandem. Außerdem hätte ich mir einen besseren Spruch einfallen lassen.

»Erwartest du etwa, dass ich von dieser Scheiße beeindruckt bin? Ich hab schon mit ganz anderen Typen zu tun gehabt! Ihr seid nur feige Wichser. Kommt doch her und zeigt euch!«

Er redete sich selber Mut ein. Wir alle, unsere Gastgeber eingeschlossen, hörten ihm eine Weile schweigend zu. In Freddys gewohnter Umgebung gab es für solche Gelegenheiten bestimmt einen besonnenen Kumpel, der ihn beschwichtigte und bremste, und dann hatte die Zielscheibe von Freddys Wut aber gerade noch so eben Glück gehabt, dass Mario oder Luigi oder sonst wer ihn zurückgehalten hatte. Mario oder Luigi? Papas Videospielfimmel hatte wohl abgefärbt. Hier jedenfalls gab es keinen Bremser, und Freddys Tirade versandete, als er selber endlich merkte, dass er uns alle langweilte mit seinem doch eher beschränkten Vorrat an Tough-Guy-Floskeln.

»Nein, Mr. White, wir erwarten von Ihnen, dass Sie sterben.«

Ich dachte, dass da noch jemand froh war, ein ausgeleiertes Filmzitat mal wirklich situationsgerecht verwenden zu können.

Dann explodierte Freddys Halsband.

Ein leiser Knall, fast nur ein Ploppen. Eine schwache Ladung, nach innen gerichtet. Es reichte, um einen großen Teil von Freddys Hals zu atomisieren. Links waren etwas Haut und ein paar Sehnen verschont geblieben. Der Kopf fiel deshalb nicht einfach zu Boden, sondern pendelte einen Moment vor dem Brustkasten. Weil das Gesicht kopfüber stand, konnte ich die Mimik nicht so gut entschlüsseln, aber ich glaube, Freddy guckte ziemlich blöd. Dann gaben seine Beine nach und sein Kopf wurde unter dem Hautsack voller nutzloser Muskeln und Knochen begraben, der mal sein Körper war. Sein weißer Overall saugte die Blutlache auf, die ein paar Herzschläge lang noch Nachschub aus der Halsschlagader bekam.

»Eigentlich hätte er vollständig geköpft werden sollen«, sagte die Stimme aus dem Lautsprecher. »Aber egal, Sie alle wissen jetzt, was Sie erwartet, sollten Sie in irgendeiner Weise ungehorsam sein.«

»Guck dir die Typen an! Die interessiert das überhaupt nicht!«

Der rothaarige junge Mann wies auf die sieben Reihen Monitore an der Wand vor ihm. In jeder farblich markierten Reihe zeigten fünf großformatige Displays die Bilder der Halsbandkameras, ein sechstes die Vitalfunktionen der jeweiligen Träger.

Auf dem größten Bildschirm wiederholte sich das Bild von Mr. Browns Front-Kamera: Mr. Whites blutender Rest. Der Rothaarige hatte innerhalb der kleinen Gruppe von Leuten in der Zentrale die Rolle des Regisseurs übernommen, dementsprechend flitzten seine Finger über das riesige Kontrollpult, um die Bildausschnitte zu wechseln oder Zeitlupenreaktionen auf den Hauptmonitor zu bringen.

Eine athletisch gebaute Frau erhob sich aus einem der Clubsessel und ging zum Regisseur. »War doch klar. Die sind schon ein bisschen anders drauf als die Berufsschulklasse, die wir letztes Jahr hier hatten. Und guck mal ...«, die Frau drückte ein paar Knöpfe auf dem Pult, um eine der Aufnahmen zurück zu spulen, und ärgerte den Regisseur mit ihrer Amtsanmaßung »... Mr. Green zuckt ganz schön zusammen. Gut, er fängt sich schnell wieder ... aber das wollten wir doch, oder? Echte Profis.«

»Ja, aber wo ich die jetzt sehe, kommen mir doch Zweifel ...«

»Regie, du redest Bullshit.« In dem Teil des Kontrollraums, den das Licht der Monitore kaum erreichte, untermalte das klirrende Geräusch eines auf die Tischplatte geknallten Whiskeyglases den heiseren Kraftausdruck. Der Rothaarige wusste, dass der älteste in ihrer Gruppe sich für den Häuptling hielt. Wahrscheinlich wollte er jetzt den jungen Kriegern mit ein paar Weisheiten aus der harten Schule des Lebens die Köpfe zurechtrücken.

»Mit den Halsbändern haben wir 1A-Feuerlöscher. Wenn einer von denen muckt, schalten wir ihn ab. Ganz simpel.«

Das war eine einfache, pragmatische Aussage, die den Rothaarigen ein wenig überraschte. Ein weiterer

Mann, der Produzent, deutlich jünger und mit einer melodischeren Stimme, schaltete sich ein.

»Sehe ich auch so. Ich verstehe deine Sorge, aber lassen wir die Bande erst mal raus, dann sehen wir weiter. Mal was anderes: Will noch jemand seinen Einsatz korrigieren? Jetzt, wo wir alle einen ersten Eindruck von unseren Kandidaten haben, konnte ich die Quoten ein bisschen anpassen. An der Reihenfolge hat sich aber nichts geändert, Mr. Red liegt immer noch vorne.«

Der Rothaarige betrachtete die Zahlen, die sein Freund auf den Hauptbildschirm übertragen hatte, überlegte kurz, blieb dann aber bei seinem Entschluss: Mr. Blue war der mysteriöse Außenseiter, und deshalb so reizvoll.

»Ok, weiter im Programm.« Der Rothaarige drückte die Taste auf dem Pult, die seiner Stimme den Weg zu den Halsband-Lautsprechern freigab.

»Jeder Versuch, sich von dem Halsband zu befreien, löst die Sprengladung aus.«

Die Pause nach dem letzten Satz unserer Gastgeber hatte sich ein bisschen hingezogen. Vielleicht war gerade der Pizzabote gekommen. Ich hätte jetzt auch eine vertragen.

»Wenn die Kamerachips über einen gewissen Prozentsatz verschmutzt werden, löst die Sprengladung aus. Wie ich eben schon sagte, wird jeder von Ihnen gleich durch Tunnel zu einem anderen Punkt auf der Insel gehen. Sie können sich denken, warum Sie sich nicht weigern sollten.

Danach sind Sie auf sich alleine gestellt. Tun Sie, was immer nötig ist, um der letzte Überlebende zu sein. Wir werden nicht eingreifen, so lange es keinen triftigen Grund gibt. Sie können Allianzen schmieden, Gruppen bilden, wie Sie wollen. Aber am Ende wird es nur einen Gewinner geben. Der Gewinner bekommt eine Prämie von …«

»Oder die Gewinnerin.«

»Wenn Sie mich weiter unterbrechen, werde ich Ihren roten Knopf drücken, bevor Sie überhaupt aus der Zelle sind, Mrs. Pink.«

»Laber nicht, Du Grützbeutel. Ihr habt mit Freddy schon demonstriert, wer hier das Sagen hat. Deshalb war der überhaupt nur hier, oder? Mich wollt ihr doch noch im Rennen halten, weil ihr Onanisten darauf hofft, dass einer von den Jungs mir noch seinen Schwanz rein rammt, während er meinen Hals zudrückt.«

Dimitri nickte. Er hatte mir gegenüber früher schon mal angedeutet, dass er genau sowas eines Tages machen würde. Wir mochten uns nicht besonders.

»Davon ab: Müsste mein Knopf nicht pink sein? So ist das doch verwirrend: ›Schnell, drück den roten Knopf‹ – ›Was denn, Mr. Red hat doch gar nichts gemacht?‹ – ›Nein, den von Mr … oh je, zu spät …‹ Ihr solltest Euch mal Gedanken über Ergonomie machen, nicht, dass versehentlich irgendjemand …«

»Das reicht. Weiter im Text: Sie bekommen jetzt jeder eine zufällig ausgewählte Waffe. Falls Sie auf der roten Fläche in ihrer Zelle stehen: Sie haben drei Sekunden, beiseite zu treten.«

Natürlich stand keiner von uns auf der roten Fläche. Aber das waren ja mal gute Nachrichten. Eine Waffe. Ob die mir meinen Colt zurück gaben?

Das wäre cool. Aber selbst irgendeine 22er wäre mir recht gewesen.

Mr. Brown, Bazooka Joe, hakte wegen eines Details nach, das mir völlig gleichgültig war: »Wie war das mit der Prämie?«

»Ah ja. Das wäre beinahe untergegangen. Zehn Millionen.«

»Dollar?«

»Euro.«

Mr. Brown nickte zufrieden, Mr. Yellow und Mr. Green schienen auch einen gewissen Motivationsschub bekommen zu haben. Mich ließ das kalt, aus mehreren Gründen. Zum einen hatte ich selber mehr als genug Knete, zum anderen glaubte ich nicht, dass die Veranstalter den Gewinn auszahlen würden. Sie würden den Gewinner nicht mal am Leben lassen.

»Du kannst den Jungen jetzt frei lassen. Setz ihn ein paar hundert Meter vom Hotel ab, erklär ihm den Weg und sag ihm, sein Papa würde auf ihn warten.«

»Der Junge hat dich gesehen.«

»Und sein Vater erst recht. Aber der wird nicht die Polizei einschalten. Der wünscht sich ein Wiedersehen mit mir, aber außerhalb der Reichweite des Gesetzes. Muss er sich hinten anstellen. Sieh nur zu, dass der Kleine dich nicht erkennt.«

»Klar. Dominik hat angerufen. Dein Ausweis ist fertig. Er hat wieder gemeckert, dass er in der kurzen Zeit keine gescheite Arbeit leisten kann.«

»Kann er mir gleich selber erzählen.«

»Brauchst Du mich noch?«

»Nein. Danke für deine Hilfe.«

»Kein Problem. Ich drücke dir die Daumen, dass du sie findest. Bestell dann schöne Grüße von mir.«

»Werde ich. Danke.«

Gärtner trennte die Verbindung und stieg in seinen Citroen. Dort benutzte er das Smartphone, um eine fünfstellige Summe von seinem Konto auf das seines Gesprächspartners zu transferieren. Soweit reichte dessen Sympathie dann doch nicht, dass er umsonst arbeitete.

Bevor wir unsere Waffen bekamen, aktivierte man die Kristalle in der Scheibe wieder. Die untere Hälfte des Fensters wurde undurchsichtig. Wie beim Pokern sollten wir jetzt unsere Karten aufnehmen und bei den Mitspielern aus ihrer Reaktion auf das Blatt schließen, das die in der Hand hielten.

Die rote Fläche im Boden senkte sich einen Zentimeter, dann glitt sie geräuschlos in einen Spalt an der Seite der quadratischen Grube, die sie abgedeckt hatte. Auf dem Boden dieser Grube lag die versprochene Waffe. Es war nicht mein Colt. Es war nicht mal eine 22er. Es war eine ziemliche Enttäuschung. Und das ist noch ein bisschen unter-trieben formuliert.

Aber Jammern nützte nichts. Stattdessen sah ich eine gute Gelegenheit für ein psychologisches Manöver. Ich holte die »Waffe« aus dem Loch, hielt sie hoch, damit alle sie sehen konnten und begann zu meckern: »Eine Pfanne? Ihr habt wohl den Arsch auf, ihr Wichser! Erst der rosa Overall und jetzt das? Frauen gehören an den Herd, oder was? Und dieses Kackding ist so klein, da kannst du keine vier Köttbullars drin braten!«

Dafür war sie aus massivem Aluguss, also recht schwer für diese Größe. Aber trotzdem.

Dimitri lachte laut los, Caspar sah mich entsetzt an, Mr. Brown schüttelte ungläubig den Kopf und Mr. Green schob breit grinsend und demonstrativ langsam das Magazin in die MAC-10, die er in dem Loch gefunden hatte.

Gut. Die hielten mich jetzt für eine Idiotin und würden sich auf die kompetenter erscheinenden Gegner konzentrieren. Vielleicht hatte ich ja Glück und die brachten sich alle gegenseitig um, bevor sie an mich dachten.

Mein Protest wurde von den Offiziellen ignoriert. Die Türen unserer Zellen öffneten sich. Die Kerle warfen sich noch drohende oder siegessichere Blicke zu, was Männer halt so tun, aber ich stahl mich davon. Mit etwas Glück hatten die mich als Nachtisch abgespeichert, ein bisschen entspannende Vergewaltigung, wenn die Hauptgegner ausgeschaltet wären.

Ich ging durch Gänge, deren Decken ganz ähnlich aussahen wie die, die ich auf der Einführungstour bewundern durfte. Nur dass ich jetzt auch ein paar Türen zu sehen bekam. Wegen der fehlenden Klinken vermutete ich, dass die alle zu der Piep-Zisch-Sorte gehörten. Ich hörte ein dumpfes Bollern von irgendwo her. Vielleicht versuchte der Russe in seinem Gang, eine der Türen einzutreten. Sinnlos. Selbst, wenn er es schaffte: Man würde kaum dulden, dass er von seinem Weg abweicht und ihn notfalls per Tastendruck köpfen. Eine der Türen war offen, aber ich ignorierte sie erstmal, bis der Gang vor einer verschlossenen endete. Also sollte ich wohl durch die offene. Dahinter verbarg sich ein Tunnel, aus

Kanalrohren gebaut. Die Beleuchtung besorgte eine Kette von LEDs, die man ohne große Sorgfalt rechts angeklebt hatte. Der Durchmesser der Röhre betrug etwa anderthalb Meter, ich musste vornüber gebeugt laufen. Ziemlich unangenehm auf Dauer, aber die Vorstellung, wie sich zwei Kubikmeter Dimitri durch so ein Nadelöhr zwängen, glich das wieder aus.

Ich rechnete damit, dass irgendwelche Unannehmlichkeiten auf mich lauerten, eine Rattenarmee, elektrifizierte Gitter, steigende Fluten, oder alles zusammen, aber es blieb langweilig.

Nach gefühlten zwanzig Kilometern konnte ich mich wieder aufrichten, als ich aus der Röhre ins Freie trat. Es war dunstig, sah nach frühem Morgen aus. Ein bisschen frisch, aber längst nicht so kalt, dass ich mir Sorgen wegen Unterkühlung machen musste. Die Luftfeuchtigkeit war gering. Die umstehenden Bäume konnte sogar ein Stadtmensch wie ich an der weißen Rinde als Birke identifizieren. All das deutete darauf hin, dass ich mich irgendwo auf der nördlichen Halbkugel befand, vielleicht sogar noch in Europa. Schade, in einer tropischen Gegend hätte ich nach giftigen Schlangen oder Insekten Ausschau gehalten, die ich sammeln und dem nächstbesten Gegner an Kopf hätte werfen können. Andererseits musste ich selber auch höchstens mit Mückenstichen und Zeckenbissen rechnen.

Nachdem ich einem hydraulischen Mechanismus dabei zusah, wie er meinen Rückweg mit einer massiven Luke versperrte, untersuchte ich die Umgebung. Konnte ja sein, dass jemand Bärenfallen aufgestellt hatte oder solche Scherze. Aber es gab nichts zu sehen, was nicht in einen Wald gehörte.

Ein paar Sekunden genoss ich die Geräusche der freien Natur, dann war ich die Stille leid.

»Zentrale?«

Keine Antwort.

»Zentrale, könnt ihr mich hören?«

»Ja?« Es mochte Einbildung sein, aber das klang irgendwie genervt.

»Zentrale, ich bin draußen. Die Daten sehen gut aus. Ich glaube, ich werde meinen Helm jetzt abnehmen. Nein, nein, ihr könnt mich nicht davon abhalten, ich muss es wissen. Ich öffne das Ventil, und … ich kann atmen! Die Luft ist nicht mehr giftig! Und das da vorne … das ist ein Baum! Ein Rehkitz schnüffelt an meiner Hand! Mein Gott, die Erde ist wieder bewohnbar! Die Menschen können auf die Oberfläche zurück kehren!«

»Sehr witzig. Noch was?«

»Nein, ich wollte nur ein bisschen labern. Können meine Mitbewerber immer noch zuhören?«

»Nein. Nur noch wir beide.«

»Wohl eher: Ich, du, und deine Kumpels. Ihr habt übrigens ziemlich gute Informationen über mich gehabt …«

»War nicht billig.«

»Kann ich mir denken. Aber die waren etwas lückenhaft. Da ist ja noch ein bisschen mehr, außer nur Mord …«

»Ach ja?«

»Ja.«

»Erzähl mal.« Ich hatte ihn am Haken. Wie Agent Starling ihren Kollegen an der FBI Academy so schön erklärt, obwohl die das wissen sollten, ist es hilfreich, wenn ein Kidnapper sein Opfer nicht mehr als Ding, sondern als menschliches Wesen betrachtet.

Im günstigsten Fall bekommt er ein schlechtes Gewissen. Ich rechnete nicht damit, dass man mich laufen ließ, weil gerade ich so überaus sympathisch bin. Aber vielleicht konnte ich mir irgendwie einen kleinen Vorteil verschaffen. Außerdem hatte ich keinen Bock, die ganze Zeit meinem eigenen Schweigen zu lauschen.

»Also da wäre noch tätlicher Angriff auf einen Staatsangestellten, Vergewaltigung einer Jungfrau weißer Hautfarbe, versuchte Vergewaltigung einer Frau schwarzer Hautfarbe, Unterbrechung des Schienenverkehrs in räuberischer Absicht, Bankraub, Straßenraub, Raub in einer unbekannten Anzahl von Postämtern, Flucht aus dem Staatsgefängnis, Falschspiel mit gezinkten Karten und Würfeln, Förderung der Prostitution, Erpressung, versuchter Verkauf geflüchteter Sklaven, Falschmünzerei, Missachtung des Gerichts, Brandstiftung am Gerichtsgebäude und Sheriff's Office in Sonora, Viehdiebstahl, Pferdediebstahl, Waffenschieberei an Indianer ...«

»Jetzt komme ich drauf: Das ist Tucos Vorstrafenregister, oder?«

»Genau.«

»Wahnsinn. Wie oft hast Du den Film geguckt, bis du das auswendig konntest?«

»So ungefähr zwei Dutzend Mal. Aber um ehrlich zu sein: Das steht bei Wikipedia drin. Nur vom Zuhören hätte ich mir das nicht merken können. In dem Film sind ja auch noch etliche andere Sprüche, die ich gerne mal zitiere. Zum Beispiel: ›Mach ein paar kräftige Züge, dann kannst du gut kacken.‹«

Natürlich hätte ich eine Antwort abwarten können. Aber beim Thema »Italo-Western« gerate ich schnell in Fahrt und kann auf Stichwortgeber ganz verzichten.

Wilhelm Gärtner, der den Namen, den seine Eltern ihm gaben, schon fast vergessen hatte, und der den größten Teil der letzten zwanzig Jahre als Kowalski, ohne Vornamen, bekannt gewesen war, stellte sich im Büro der Firma RTW2Go vor, die Rettungswagen vermietete:

»Mein Name ist Schmidtke. Ich arbeite für den Bundesnachrichtendienst.«

Er hielt der Frau den falschen Ausweis hin, der leider nicht rechtzeitig fertig geworden war, um Teodorescu zu täuschen. Die brünette Mittvierzigerin, nicht unattraktiv, warf durch ihre Brille einen Blick auf das Ausweisfoto, dann musterte sie den realen Schmidtke über den Rand. Sie sagte nichts, während Schmidtke-Gärtner ihren Namen von dem Schild ablas, das er inmitten des von Zetteln überschwemmten Schreibtisches ausgemacht hatte.

»Frau Hofstetter, gestern ist Ihr Wagen 42 zu einem Notfall gerufen worden. Die Person, die abtransportiert wurde, interessiert uns. Wir würden gerne wissen, wohin diese Person gefahren wurde.«

»In ein Krankenhaus, sollte man meinen?«

»War leider nicht der Fall«, sagte Gärtner und lächelte. Am liebsten hätte er die Frau über den Tisch hinweg am Kragen gepackt und sie so lange geohrfeigt, bis sie die gewünschten Informationen auswürgte. Aber sie waren nicht alleine in dem Büro. An einem Schreibtisch im Hintergrund diskutierte ein dicker Mann mit Halbglatze lautstark mit einem der

Rettungswagenfahrer, wie Gärtner dem Gezeter entnahm. Der Dicke schmiss das Telefon auf die Tischplatte und kam näher.

»Ohne Gerichtsbeschluss keine Auskunft.«

»Habe ich nicht«, gab Gärtner zu. Er überlegte kurz, die Beretta zu ziehen, entschied sich aber für die freundliche Tour. Auch auf dem Tisch des Dicken lag ein Namensschild.

»Herr Akgöz, wir interessieren uns aus folgendem Grund für die junge Frau: Sie stammt aus Lettland, gehört der dortigen Sozialistisch-Nationalen Front an und wird verdächtigt, mehrere Russen ermordet zu haben, in ihren Augen slawische Untermenschen. Wir, und auch der Verfassungsschutz, fürchten, dass sie sich auf Einladung der Schutzgemeinschaft Arischer Völker in Deutschland aufhält. Warum, das wissen wir nicht. Aber die Frau ist eine skrupellose Killerin ...«

Zumindest der letzte Satz war nicht gelogen.

Akgöz sah Hofstetter an, die setzte eine »Nunzier-dich-nicht-so«-Miene auf.

»Deutschland hat einiges wieder gut zu machen, was Nazi-Mörder angeht!«

Gärtner tat betreten. »Das wissen wir nur zu gut, Herr Akgöz. Und die Kollegen vom VS noch besser ...«

Akgöz ging zurück an seinen Schreibtisch und blätterte in einem großformatigen Notizbuch.

»Welche Zeit?«

»Gegen achtzehn Uhr.«

»42 ... Kann eigentlich nicht sein, die waren ab neun Uhr von der Klung-Care GmbH gemietet, bis Mitternacht. Firmenfest mit Bungee-Jumping vom

Dach des Thüring & Tomaselli-Towers, hat man uns gesagt.«

»Gut. Die haben wohl einen kleinen Abstecher gemacht. Geben Sie mir bitte Namen und Adressen der Besatzung.«

»Ja. Moment. Scheiße, sind das auch Nazis? Der Hörstgen? Dann hat er sich aber gut verstellt!«

»Vielleicht hat man die nur bestochen ... oder denen irgendwas vorgemacht ...«, beschwichtigte die Hofstetter ihren Chef.

»Bestochen? Der verdient hier schon mehr als genug, dafür, dass er so eine Pfeife ist! Ich möchte einmal sehen, dass der einen Wagen richtig desinfiziert, der Arsch! Immer nur ein kölscher Wisch, schnell ab nach Hause, ist ja Feierabend!«

»Volkan ...«, sagte Frau Hofstetter.

»Ja, ja. Hier sind die Adressen. Die haben heute ihren freien Tag. Eine Frage hätte ich noch: Soll ich die beiden rausschmeißen? Im Moment ist viel zu tun, ich brauche jeden Mann. Gerade hat mich wieder einer angerufen, Krankenschein. Angeblich Magen-Darm-Grippe. Ja, klar. Andererseits will ich auch nicht solche Typen in meiner Firma ...«

»Ich werde mir anhören, was die beiden zu sagen haben. Wenn mir das plausibel und unverdächtig erscheint, ist alles ok. Ihre Mitarbeiterin hat recht: Man wickelt die Leute oft um den Finger, ohne dass die das merken. Andererseits, wenn ich da ein ›Mein Kampf‹ im Bücherregal sehe, lasse ich die beiden verhaften und erst mal verhören. Das kann ein paar Tage dauern.«

»Mit anderen Worten: Ich soll abwarten, ob die morgen zur Arbeit kommen? Da hänge ich ja schön in der Luft!«

»Tut mir leid. Aber mir ist sehr daran gelegen, dass wir diskret vorgehen. Und so ist es am unauffälligsten, oder?«

»Bloß weil Sie wieder alles vertuschen wollen …«

»Es geht nicht ums Vertuschen. Ich will keine Hintermänner aufschrecken, die dann wieder in ihrem braunen Sumpf untertauchen können.«

Gärtner verließ das Büro, während er die Adressen der beiden Männer in seiner Brieftasche verstaute. Das war gut gelaufen. Er war froh, dass er mit dem Zuckerbrot soviel Erfolg gehabt hatte. Er konnte auch gut die Peitsche schwingen, aber das knallte immer so laut. Und dass er keine Hintermänner aufschrecken wollte, das war auch nicht gelogen.

Mr. Red versuchte, die Luke am Schließen zu hindern. Aber die Hydraulik, obwohl sie laut ächzte, gewann doch die Oberhand, der stählerne Deckel verschloss den Tunnel mit einem lauten Gong-Geräusch. Gut, scheiß drauf. Dimitri sah sich um. Ein paar verschissene Bäume, sonst nichts. Keiner von den anderen, schon gar nicht die Fotze. Man hatte ihm nur ein Taschenmesser zugestanden, lächerlich. Das würden die noch bereuen. Damals, als er noch auf deren Seite kämpfte, hatten die Mudschaheddin ihm ein paar Tricks gezeigt, was man alles mit einem Messer anstellen konnte, und irgendwie hatte er nie Zeit und Muße gehabt, die auch mal anzuwenden. Aber zuerst galt es, die anderen zu töten. Er freute sich auf den Kampf mit dem Neger. Hatten alle nur großes Maul, solange sie eine Knarre in der Hand hielten. Der hier war vielleicht mal eine Ausnahme. Mit dem Rest der Idioten, dachte Dimitri, wische ich den Boden. Er hatte noch nicht mal große Lust, sich für jeden einzelnen was Besonderes auszudenken. Hauptsache, es ginge schnell. Außer bei Kowalski natürlich. An den Details ihres Todes feilte er schon seit Jahren.

Mr. Brown war aus dem Tunnel direkt in eine große Matschpfütze getreten. Wie in den Sümpfen, dachte er. Er war gerne in die Sümpfe gefahren. Wenn er seine Kunden mit einem Schuss aus der abgesägten Flinte erledigt und dann über Bord geworfen hatte, genoss er immer die Ruhe der Natur. Jedenfalls, nachdem die Alligatoren satt waren. Der Baseball-Schläger in seiner Hand brachte ihn auf den Gedanken, so einen beim nächsten Mal zu verwenden. Weniger laut, würde die Vögel nicht aufscheuchen. Der Gedanke an den Schuss und die gestörte Idylle hatte ihm dort gelegentlich fantastischen Sex verdorben. Kaum zu glauben, wie gut die Nutten blasen konnten, wenn sie dachten, er würde sie als Belohnung laufen lassen. Mrs. Pink machte mehr den Eindruck, als würde sie einem Kerl noch den Schwanz abbeißen, selbst wenn er eine Knarre an ihren Kopf hielt. Auch wenn sie eben die dumme Zicke gespielt hatte. Egal, sie war sowieso zu dünn. Sollte das hier nicht eine Insel sein? Wo waren die Palmen? Am besten, er ginge zum Strand und würde die Dinge ganz entspannt auf sich zukommen lassen.

Mr. Yellow prüfte seine Waffe. Ein Schnitt halbierte das Blatt eines nahen Baumes, ohne dass es sich bewegte. Ein gutes Katana, fast so gut wie sein eigenes. Die zehn Millionen waren damit zum Greifen nah. Und mit der Ausschaltung der anderen würde er endgültig zur Legende werden.

Mr. Blue war unter dem Namen Sigur Borndal geboren worden. Die Veranstalter gaben vor, das nicht zu wissen, aber trotzdem hatte man ihm eine Streitaxt gewährt, das klassische Mordwerkzeug der Wikinger. Die Nervensäge hatte recht, die Verteilung der Farben und Waffen basierte nicht völlig auf Zufall. Egal, er konnte auch mit einer Streitaxt umgehen. Und der erste Gegner, den er töten würde, war vielleicht mit einer besseren Waffe ausgestattet. Solange es nicht das Mädchen war. Er überschlug die Wahrscheinlichkeiten: Wenn er seinen ersten Gegner traf, würde das in einem gewissen Zeitrahmen auch an anderen Stellen der Insel passieren, gleichmäßige Verteilung der Kontrahenten vorausgesetzt. Also drei Kämpfe Mann gegen Mann, drei tote Gegner, vier Überlebende, darunter er selber und einer, der noch nicht kämpfen musste. Das ergab zwei weitere Kämpfe für ihn, Halbfinale und Finale gewissermaßen. Insgesamt drei Kämpfe auf Leben und Tod mit Elite-Killern. Borndal hatte keine Zweifel, jeden von den anderen besiegen zu können. Aber realistisch betrachtet, musste er mit Verwundungen rechnen, die in den folgenden Kämpfen seine Chancen minderten. Die beste Taktik wäre, einen Kontrahenten zum anderen zu locken und Kräfte zu sparen, bis nur noch einer oder zwei übrig blieben, möglichst schwer verletzt. Dann würde man sehen, wie es weitergeht. Wahrscheinlich nicht mit der feierlichen Übergabe eines Pokals und eines Schecks.

Mr. Green zog das Magazin aus der MAC und vergewisserte sich noch mal: Tatsächlich, nur drei Schüsse. Und den Wahlhebel hatte man in der Stellung »Auto« blockiert. Er zog den Spannhebel zurück und lud durch. Wenn er jetzt den Abzug drückte, wäre die Munition im Bruchteil einer Sekunde verschossen. Also sollte besser nur noch ein Gegner übrig sein. Möglichst einer, der die anderen bis dahin aus dem Weg geräumt hat. Vielleicht einen Pakt eingehen? Anbieten, die Gegner mit der MAC in Schach zu halten, während der Verbündete sie auseinander nahm? Der Verbündete musste aber überzeugt sein, Mr. Green trotz der Schusswaffe besiegen zu können. Der Ire dachte grinsend an das eine Semester Kunst, das er in Edinburgh studiert hatte, als Teil einer Tarnidentität, die ihn vor den Engländern verbarg: Eigentlich kam nur die Komplementärfarbe in Frage. Mr. Red.

Mr. Orange betrachtete zweifelnd den Taser. Das war alles, mit dem er gegen diese jungen Kraftprotze antreten sollte? Er musste verdammt aufpassen. Wo war er hier nur hinein geraten? Das Angebot hatte gut geklungen, vor allem die Bezahlung: eine Summe, die seinen stilvollen Rückzug aus der Branche garantiert hätte. Ein Häuschen bei Nizza, nicht allzu weit vom Strand, eine arme Schönheit aus der umliegenden Gegend, die ihm ein paar Kinder schenkte. Eventuell noch eine Geliebte. Und wenn er dann mit achtzig oder neunzig Jahren im Bett friedlich starb, würden alle an seinem Grab stehen und um ihn weinen. Vielleicht sogar ein paar Enkel, konnte noch klappen. Aber jetzt stand er hier mit nichts als einem Taser, und Nizza schien auf einmal sehr weit weg.

3

Für einen besseren Rundumblick kletterte ich auf einen Baum, aber es nutzte nichts, die waren alle ungefähr gleich hoch. Ich bekam nur jede Menge Grün zu sehen. Allerdings schimmerten hier und da ein paar grau-blaue Flecken zwischen den Blättern hindurch. Sah aus wie Meerwasser, also schien das mit der Insel schon mal zu stimmen. Im Norden blendete alle zehn Sekunden ein Licht auf und wieder ab. Ein Leuchtturm? Interessant ... Ich stieg wieder hinab. Der Boden passte ebenfalls zu einer Insel: Ziemlich sandig.

Ok, Zeit für eine kurze Lagebeurteilung: Ich stand mitten in einem geschlossenen Areal, zusammen mit sechs Killern, als Bewaffnung eine Pfanne, und hatte nichts zu trinken oder zu essen. Das war eigentlich das Schlimmste, weil ich immer Kohldampf kriege, wenn es spannend wird.

Ich schätzte, dass die ganze Sache so oder so für mich nicht länger als zwei bis drei Tage dauern würde. Kaum vorstellbar, dass unsere Gastgeber wochenlang zuschauen würden, wie wir uns gegenseitig umkreisen. Also musste ich keine Zeit damit verschwenden, Hasenfallen zu bauen oder so was. Falls es hier überhaupt Hasen gab. Hasenfutter war jedenfalls reichlich vorhanden und eine kleine vegane Diät aus Gänseblümchen, Löwenzahn und Birkenblättern war ja auch mal ganz nett. Börks. Mit ein bisschen Glück gab's vielleicht Himbeeren oder Brombeeren. War jetzt überhaupt Saison dafür?

Keine Ahnung. Echte Pfadfinder hätten sich auch über Schnecken und Pilze her gemacht, aber bei mir waren die Waldläufer-Tage schon lange her, ich hätte nicht mehr gewusst, welche genießbar und welche giftig sind.

Oben in der Baumkrone war die Entfernung zum Meer schwer einzuschätzen, aber da ich es sowohl im Osten als auch in westlicher Richtung gesehen hatte, konnte die Insel nicht so unheimlich groß sein, vielleicht fünf oder sechs Kilometer in der Breite. Die Wahrscheinlichkeit, dass hier irgendwo Süßwasser floss, schätzte ich deshalb eher gering ein. Also aus dem Meer trinken. Ein paar Tage würde das gutgehen. Und bevor das Salzwasser meinen körpereigenen Salzhaushalt kippen würde, wäre ich wahrscheinlich schon an äußeren Einflüssen gestorben. Strangulation, Bleivergiftung, Schädelspaltung, was die Jungs sich so einfallen ließen und zur Verfügung hatten.

Ein weiterer Grund für einen Spaziergang zum Strand: Mit dem Meer im Rücken und freiem Sichtfeld konnte man sich nicht so gut an mich heran schleichen wie hier im Wald.

Das Problem: Überhaupt erstmal ungesehen da hin kommen. In dem pinkfarbenen Overall sah ich aus wie Automechaniker-Barbie. Die ideale Tarnkleidung für einen Einbruch ins HelloKitty-Museum, aber hier, vor der versammelten Flora, leuchtete ich wie die Blume eines flüchtenden Kaninchens.

Ich schaute mich nach Büschen um, aus denen ich mir einen Blätter-Poncho hätte improvisieren können, aber die waren alle kahl. Farne schienen hier nicht zu wachsen, und auf Brennnesseln hatte ich nicht so richtig Lust. Zum Glück fand ich eine große

Matschpfütze. Ich setzte mich genau mitten hinein. Während ich mich von oben bis unten einrieb, kamen ein paar nette Kindheitserinnerungen an quietschvergnügte Schlammbäder in Bombenkratern hoch.

»Denk dran: Das Halsband nicht beschmieren!«

»Ja, habe ich nicht vergessen. Trotzdem danke für die Warnung. Sind die Optikchips eigentlich irgendwie mattiert, oder beschichtet, dass es nicht reflektiert … nein, vergiss es, blöde Frage.«

Kein weiterer Kommentar aus der Zentrale. Klar, wenn die mich in einen pinkfarbenen Overall stecken, war denen egal, ob mein Halsschmuck glitzert wie die Schaufensterauslage von Tiffany's.

Ich schob das Band nach oben, soweit es ging und rieb meinen Hals ein. Dann schob ich es runter und tauchte meinen Kopf in die Pfütze. Instant Tarn-Make-Up. Ich fühlte mich wie das Gegenteil von begehrenswert. Vielleicht hätten die Jungs ja Hemmungen, so einen Klumpen Dreck wie mich überhaupt anzufassen. Nein, hätten sie nicht. Selbst, wenn ich mich mit Kacke einreiben würde, das wäre denen egal. Da unterschieden wir uns wohl kaum.

Jetzt aber auf zum Strand.

So großzügig schien Akgöz bei dem Gehalt seiner Fahrer nicht zu sein: Stefan Hörstgen hätte sonst wahrscheinlich in einer besseren Gegend gewohnt. Gärtner mochte Rödelheim nicht. Trotz aller Fortschritte seit den Neunzigern lebten hier in manchen Ecken immer noch genug Idioten, die außer Körperkraft wenig andere Statusobjekte erreichten, das aber gerne und oft mit sinnloser

Gewalt zur Schau stellten. Nicht, dass er befürchtete, zum Opfer zu werden. Aber er konnte gerade keine Ablenkung gebrauchen. Zum Glück waren die lokalen Großmäuler und Mini-Schläger momentan damit beschäftigt, Bierflaschen vor das Klettergerüst des Spielplatzes zu werfen. Eine der Flaschen landete ein paar Meter von Gärtner entfernt, aber er drehte sich nicht um, sondern beschleunigte seine Schritte unter dem Gelächter des Werfers und seiner Kumpane.

In der vierten Etage drückte er den Klingelknopf neben der stählernen Wohnungstür. Nach einer Minute hörte er ein dumpfes »Wer ist da?« Er klopfte an die Tür, falls man auf der anderen Seite dachte, er würde noch unten stehen, zog seinen BND-Ausweis aus der Brieftasche und hielt ihn vor den Türspion.

Die Tür öffnete sich, ein unrasierter, untersetzter Mann in Unterhemd und Trainingshose blickte genervt zu ihm hoch.

»Also, was denn noch?«

»Kann ich rein kommen?«

»Von mir aus … ist aber gerade nicht aufgeräumt.«

»Kein Problem.«

Gärtner folgte seinem voraus schlurfenden Gastgeber ins Wohnzimmer. Akgöz sollte mal einen Blick in diese Wohnung werfen, dachte Gärtner. Dann würde es ihn auch nicht mehr überraschen, dass sein Angestellter den Rettungswagen nicht desinfiziert.

Hörstgen ließ sich in einen speckigen Veloursessel fallen und zündete sich eine Zigarette an. Gärtner nahm die Fernbedienung vom Tisch, schaltete den Fernseher unter den missbilligenden Blicken des

Hausherren aus, wischte einen Haufen Prospekte und Wochenzeitungen vom Sofa und setzte sich.

»Sie haben gestern Mittag eine junge Frau aus einem Hotel abgeholt ...«

»Das wissen Sie doch. Wir haben uns genau an Ihre Instruktionen gehalten. Sobald der Anruf kam, sind wir ausgerückt, haben die Kleine und den falschen Doktor eingeladen und sind abgedampft. Also, wir haben beide in Fechenheim rausgeworfen, wie man uns das gesagt hat. Damit haben wir unsere Pflicht gegenüber dem Vaterland erfüllt. Auf einen Orden können wir verzichten. Und das Geld bekommen sie nicht zurück.«

Gärtner konnte sich zusammen reimen, wie man den Mann geködert hatte, und das spielte ihm einen Ball zu, den er nur noch ins Tor schießen musste.

»Aha. ›Unsere‹ Instruktionen?«

»Ja, klar, Ihr Kollege hat doch ... Also, wir sollten extra ...«

»Herr Hörstgen, wir sind nicht die Amerikaner. Der Bundesnachrichtendienst entführt keine Menschen. Ich fürchte, Sie sind an einem Kapitalverbrechen beteiligt.«

Die Asche von Hörstgens Zigarette fiel auf den Teppich. Der Mann klappte den Mund auf und wieder zu. Gärtner ließ ihn schmoren.

»Aber ... Moment, der hat mir doch ... Wir haben doch seinen Ausweis gesehen!«

»Leider sind die nicht so schwer zu fälschen. Hat er Ihnen nicht angeboten, seine Identität bei seiner Dienststelle zu überprüfen? Das hätten Sie tun sollen.« Falls Hörstgen auf die Idee kam, genau das bei »Herrn Schmidtke« zu veranstalten, würde er ein überzeugendes Gespräch mit Dominik, dem Fälscher des Ausweises, führen, an dessen Ende er an Schmidtkes Tätigkeit für den BND keine Zweifel mehr hätte. Das gehörte zu Dominiks Rundum-Service.

»Wer ahnt denn ... Also, ich meine, man denkt doch ...«

»Ja, und wenn noch ein Haufen Geld winkt, dann will man es auch gerne glauben, oder? Tatsache ist: Die junge Frau war eine Kollegin von mir, die verdeckt gegen eine ausländische Organisation ermittelt hat. Für mich sieht es so aus, als ob Sie geholfen haben, meine Kollegin genau denen auszuliefern, gegen die sie ermittelt hat. Mal ganz abgesehen von den juristischen Konsequenzen, die das für Sie haben könnte ...« Gärtner beugte sich vor und gab, wie unbeabsichtigt, den Blick auf die Beretta frei. Hörstgen lehnte sich zurück und wollte sich hinter einem Mut spendenden Zug aus der Zigarette verstecken, aber Gärtner schnippte sie ihm mit einer schnellen Bewegung aus den Fingern. »Die junge Frau war so etwas wie meine Meisterschülerin. Die Tochter, die ich gerne gehabt hätte. Ich bin also persönlich interessiert daran, sie unversehrt wieder-zufinden. Und mir ist es egal, welche Schwierigkeiten ich dabei überwinden muss. Sie wollen mir keine Schwierigkeiten machen, oder?«

Gärtner lehnte sich wieder zurück. Er zündete sich eine von Hörstgens Zigaretten an, nahm einen Zug und reichte sie dem blassen Rettungssanitäter.

»Soweit ich weiß, habe ich keine ansteckenden Krankheiten. Also gut, man hat Sie getäuscht. Sie haben meine Kollegin in gutem Glauben entführt. Ich will gar nicht wissen, was man Ihnen erzählt hat. Was ich wissen will: Was ist in Fechenheim passiert?«

»Also ehrlich, der hat uns gesagt ...«

»Egal!«

Hörstgen brauchte ein paar Sekunden und eine Nikotindosis, bevor er reden konnte. »Also, wir sind nach Fechenheim, wie gesagt. Ferdinand-Porsche-Straße, Nummer 55, glaube ich. Die Johanniter sind da in der Nähe, wir dachten erst, es ginge zu denen. Also, wir haben die Kleine, also, Ihre Kollegin, dann in die Halle gebracht und auf einen Tisch gelegt, und da stand Operationsbesteck daneben, und wir haben noch gesagt, dass er die jetzt aber nicht foltern will oder so, und der Doktor hat gelacht und gesagt, nein, er wird sie nur untersuchen, sie hätte eine Speicherkarte bei sich, weil da wären die Informationen drauf und ...«

»Ja, schon gut. Und dann?«

»Wir sind abgehauen ...«

»Aber Sie haben doch Geld bekommen? Von dem Doktor?«

»Ach so, nein, stimmt, da kam noch so ein Kerl, der sah aus wie ein Türsteher. Stieg hinten aus einem Sprinter, hat uns die Kohle gegeben. Der hat nichts gesagt, aber wir hatten das Gefühl ... also, wir wollten uns möglichst nicht allzu lange in seiner Nähe aufhalten.«

»Das war aber nicht der, der Sie ursprünglich angeworben hat?«

»Nein, das war ein ganz anderer. Also, der war eher klein, mit Glatze ...«

Gärtner hörte sich die Beschreibung nicht an. Den zu finden, würde zu lange dauern. Schon vier Beteiligte, und ganz unterschiedliche Typen. Der Portier, ein Arzt, ein Muskelmann und ein Unauffälliger. Klang danach, als ob jemand gezielt

Spezialisten engagiert hätte. Nur einen Rettungswagen mit eigener Besatzung hatte man nicht auftreiben können. Mücke war nur drei Tage vorher in Frankfurt angekommen, und für diese kurze Zeit war das schon ganz gut geplant. Woher die überhaupt wussten, wo sie sich aufhielt, war eine andere Frage. Aber die musste warten. Vielleicht konnte er sie Mücke stellen.

»War sonst niemand in dieser Halle?«

»Nein, die war leer. Fanden wir auch merkwürdig …«

»Nur der Tisch und der Lieferwagen?«

»Ja …«

»Was war das für ein Lieferwagen?«

»Also, wie gesagt, ein Sprinter. Oder der von VW, die sehen ja gleich aus. Ich habe mal für eine kleine Spedition …«

»Nichts Auffälliges sonst?«

»Nein, war ein Mietwagen. Nur die Firma auf der Seite.«

»Wissen Sie noch, welche Firma?«

»Keiner von den großen, war so ein örtlicher, City-Hopser oder so. Weiß ich nicht mehr. War so eine Telefonnummer mit dreimal die Drei. Also, nicht genau so, aber so was Einprägsames, Sie wissen schon …«

»Ja. Hat wohl nicht gut genug funktioniert. Egal. Gut. Ich denke, das hilft mir. Danke.«

Hörstgen atmete auf. Aber bevor er etwas sagen konnte, schob Gärtner noch einen Satz hinterher: »Sonst muss ich Sie nochmal besuchen.«

»Also, ich habe Ihnen alles gesagt, was ich weiß, ehrlich!«

»Ja. Und jetzt sollten Sie die ganze Sache vergessen. Ihrem Chef habe ich nicht die Wahrheit über meine Kollegin erzählt. Die muss er auch nicht wissen. Und sonst auch niemand. Wir verstehen uns?«

»Ja, klar!«

Gärtner schloss die Tür hinter sich und blieb noch einen Moment auf dem Flur stehen. In der Ferdinand-Porsche-Straße hatten sie Mücke den Sender aus dem Hintern operiert und den Chip dann in den Main geworfen. Das deckte sich mit den letzten Daten, die er empfangen hatte. Das nächste Glied in der Kette war die Mietwagenfirma. Gärtner fluchte leise. Das dauerte alles zu lange. Wer weiß, ob seine Tochter überhaupt noch lebte. Für einen Moment überkam ihn die Versuchung, die Flaschenwerfer draußen aufzumischen, nur, um ein bisschen Dampf abzulassen. Aber das waren fünf Minuten, die ihm hinterher vielleicht fehlen würden.

»Hübsch wie eh und je.«

Mr. Orange stemmte die Hände in die Hüften und schickte unter langsamem Kopfschütteln noch ein »Ts, ts, ts« in die Richtung des Waldschrates. Kowalski blieb stehen, sagte aber nichts.

»Kind, was hast du wieder angestellt? Was würde dein Vater wohl sagen, wenn er dich so sehen würde?«

Unter dem Dreck konnte er jetzt, mit einiger Mühe, ein breites Grinsen auf dem Gesicht der jungen Frau entdecken.

»Da hinten war so ein Großer, der hat mich in die Matsche geschubst!«

61

»Bestimmt erst, nachdem du ihn gekratzt und bespuckt hast.«

»Und an den Haaren gezogen.« Kowalski wollte die fünf Meter Abstand zwischen ihr und Mr. Orange verringern, aber er zog einen Taser und zielte auf sie.

»Nein, bleib da stehen.«

»Meinst du, ich würde dir was tun?«

»Ja, ich denke schon. Deshalb sind wir ja hier.«

»Ach, komm, Caspar …«

»Würdest du dir über den Weg trauen, an meiner Stelle?«

»Ok, das ist natürlich ein Argument …«

Mr. Orange schaute zum Himmel auf. »Sieht aus, als würde es ein Gewitter geben …«

»Ja, kann sein. Aber komm, du willst doch jetzt nicht mit mir über das Wetter reden. Also: Warum hast du mich überhaupt angesprochen?«

»Ich weiß nicht … In meinem Alter neigt man vielleicht zur Sentimentalität. Ich glaube, ich wollte einfach nochmal in Ruhe mit einem halbwegs zivilisierten Menschen reden, bevor der Sturm hier richtig losgeht.«

»Dann ist mein Look wohl gerade nicht so ganz passend, oder?« Kowalski kicherte. »Du hast mich doch früher immer ›das Wolfskind‹ genannt … und jetzt bin ausgerechnet ich der ›zivilisierte Mensch‹? Andererseits, Dimitri …«

»Ja. Und der Rest ist auch nicht besser.«

»Kennst du die alle?«

»Ja. Ich habe mit euch allen irgendwann mal gearbeitet.«

»Bleibt wahrscheinlich nicht aus, wenn man so lange im Geschäft ist wie du.«

»Kann sein. Das Dumme ist nur: Ich fürchte, dass unsere Gastgeber über mich an euch gekommen sind. Ich bin der einzige gemeinsame Nenner.«

»Vielleicht. Kann auch Zufall sein. Vielleicht haben die auch nur in Interpol-Akten geschnüffelt und die Top Ten der Killer kopiert oder so. Mach dir keinen Kopf deswegen.« Kowalski lehnte sich an einen Baum, aber Mr. Orange senkte den Taser nicht. Er kannte das Mädchen gut genug.

»Was ich noch sagen wollte ... Scheiße, ich werde wirklich sentimental ... Also, täte mir leid, wenn es dazu kommen sollte, dass wir übrig bleiben ...«

»Dir wäre lieber, wenn mich jemand anders tötet? Du hast jetzt die Chance, mich zu tasern und mir einen schnellen Tod zu gönnen. Warum machst du das nicht?«

»Drei Gründe: Erstens bin ich nicht sicher, ob ich das schaffe. Soll jemand anders sich an dir versuchen. Das Risiko ist mir zu groß.«

»Ok. Stimmt. Wenigstens eine ehrliche Antwort. Und zweitens?«

»Ich möchte nicht deinem Vater sagen müssen, dass ich dich getötet habe.«

»Müsstest du ja nicht.«

»Doch. Ich respektiere ihn zu sehr, ich würde ihm nicht die Wahrheit vorenthalten wollen.«

»Sehr ehrenwert, Herr von Lindenthal. Man nennt dich nicht umsonst den ›Gentleman-Killer‹. Papa musste mir übrigens erklären, dass dein Ehrenname nicht daher kommt, weil du ausschließlich Gentlemen gekillt hast.«

Caspar grinste. »Und das ist der dritte Grund: Ich mag dich. Die anderen sind alle immer so bierernst, erzählen einem dauernd, was für harte Burschen sie sind, wo sie ihre Narben her haben, bei welchem Tor nur zwei Wachen stehen ...«

»Ja, langweilig. Wenn man schon zusammen arbeiten muss, will man doch nicht in der Mittagspause auch noch über den Beruf reden.«

»Genau.«

Kowalski sah zu Boden und setzte sich dann auf eine dicke Wurzel, die aus der Erde ragte. »Hat mir auch immer Spaß gemacht mit dir ... Weißt du noch, der Emir von Brighton? Wir haben dir einen Haufen Geld gegeben, damit du mich ihm als neue Leibfrisörin vorstellst, und dann erklärst Du ihm: ›Ich habe hier eine Nutte aufgetrieben, mit einer besonderen Spezialität. Sie ist Ktenologin!‹ Ich musste das hinterher nachgucken: Ktenologie, die Wissenschaft des Tötens. Was habe ich gelacht!«

»Aber erst warst du ganz schön sauer.«

»Naja, ich werde nicht gerne zur Improvisation genötigt. Ist doch klar.«

»Ich wollte einfach mal sehen, was du drauf hast. War ziemlich überzeugend. Der arme Kerl.«

»Ach, du weißt doch, was er in dem Hangar getrieben hat ... Ja, war 'ne lustige Zeit. Mir täte es auch leid, wenn die Sache hier darauf hinaus läuft, dass ich dich töten müsste.«

»Das ist nett, dass du lügst.«

»Ok, entschuldige. Der Nachteil daran, dass mir nichts leid tut, ist, dass mir noch nicht mal leid tun kann, dass mir nichts leid tut.«

»So hat jeder sein Päckchen zu tragen.« Mr. Orange lachte.

Ein paar Sekunden schwiegen sie beide.

»Ok, Caspar, also willst du mich vorläufig nicht töten. Das ist nett. Kannst du mir auch noch einen

Tipp geben, wer der Gefährlichste ist? Außer dir und dem Russen?«

»Schwer zu sagen. Der Ire ist eine Schlange. Feige und durchtrieben. Brown ist vor allem sehr, sehr kräftig. Vielleicht sogar stärker als Dimi. Aber nicht so verrückt. Blue ist schnell, Yellow ein guter Allrounder.«

»Mein Plan war, möglichst alle zu meiden.«

»Wahrscheinlich eine gute Idee. Wundert mich aber. ›Die Frau ohne Furcht‹ geht einem Kampf aus dem Weg?«

»Ist nicht so, dass ich in den letzten Jahren nichts dazu gelernt hätte. Trotzdem ist es oft frustrierend. Ich glaube manchmal, es ist so ähnlich wie bei Blinden: In deiner eigenen Wohnung, und da wo du oft hingehst, kennst du dich aus. Aber sobald du dich auf unbekanntem Terrain bewegst, rennst du vor das nächstbeste Möbel.

Auf meiner Karte gibt es mittlerweile nicht mehr viele weiße Flecken. Aber wenn ich mal in einen stolpere, lande ich zuverlässig in so einer Kacke wie der hier.«

Caspar hatte nur selten erlebt, dass Kowalski ernsthaft über ihr Inneres sprach. Dass sie das überhaupt in Worte fassen konnte, musste für sie schon eine enorme Anstrengung bedeutet haben, wenn man den Schilderungen ihres Vaters glauben wollte. Caspar fühlte sich geehrt, dass sie ihn diese Worte hören ließ.

Sie grinste. »Schon gut. Du musst nicht so bedröppelt gucken. Ich bin ein Freak, mir kann keiner helfen, was soll ich machen. Immerhin gibt's keine Langeweile. Nur schade, dass man hier keine Dönerbude findet.«

»Oder einen Zigarettenautomaten.«

»Unsere Gastgeber sind ziemlich unhöflich, findest du nicht auch?«

»Ja, allerdings. Der ganze Aufwand, und dann kein Zimmerservice.«

»Genau. Ich will Zimmerservice! Ich will das Club-Sandwich! Ich will Hemden, die ordentlich gewaschen sind, so wie sie sie im Imperial Hotel in Tokyo waschen!«

»Ein Filmzitat, oder? Du änderst dich auch nicht mehr ...«

»Doch.« Kowalski stand auf. »Ich werde immer schlimmer. Also geh mir besser aus dem Weg.«

Caspar van Lindenthal schaute ihr noch einen Moment hinterher, bis sie im Unterholz verschwand. Er hoffte, dass er sie nicht lebend wieder sehen würde.

Hätte mich mal interessiert, was unsere Gastgeber von meinem kleinen Plausch mit Caspar hielten. Vielleicht waren sie ja enttäuscht, dass wir uns nicht direkt an die Kehle gegangen sind. Pech.

Mag sein, dass Caspar nicht gelogen hatte und er mich tatsächlich mochte. So viele andere Gründe hatte er nicht, mit mir zu plaudern und eine gute Gelegenheit zu verschenken. Ich fand ihn ebenfalls ganz nett, und respektierte ihn auch, aber das heißt in unserem Beruf nicht viel. Dass wir bis jetzt immer kooperiert hatten, war nur Zufall. Bei verschiedenen Auftraggebern, mit unterschiedlichen Interessen, hätte es genauso gut sein können, dass wir schon vor Jahren versucht hätten, den anderen zu töten.

»Mrs. Pink?«

»Sag mal, ich gehe davon aus, dass du mich nur anlaberst, wenn keiner in der Nähe ist, oder? Wäre ziemlich kacke, wenn die Jungs dich hören. Ich meine, schließlich wolltet ihr euch nur im Notfall einmischen …«

»Keine Sorge, du bist momentan weit genug weg von den anderen. Und wir sind geduldig. Dein Versteckspiel wird sowieso nicht lange gut gehen, auch ohne unsere Intervention.«

»Mal sehen. Also, was willst du?«

»Ich habe eine persönliche Frage an dich …«

»Nein, zur Zeit habe ich keinen Freund. Aber deine Chancen auf ein Date sind eher gering, stell dir vor. Da müsstest du schon aussehen wie der junge …«

»Das meinte ich nicht.«

»Nicht? Findest du mich nicht hübsch? Sind es die Leberflecke? Ich weiß, das sind ziemlich viele, aber …«

»Doch, du siehst ziemlich gut aus. Vielleicht nicht im Moment, aber sonst schon. Aber das wollte ich nicht wissen. Wir waren ziemlich erstaunt, als wir von dir gehört haben. Guck dir die anderen an, das ist eher das, was man sich im Allgemeinen unter einem Killer vorstellt …«

»Ja, höre ich oft. Das, und: ›Nein, nein, tu's nicht!‹ oder etwas in der Art. Aber ich finde, auf Pommes gehört Zaziki, und nicht Mayo.«

»Haha. Ernsthaft, das interessiert uns alle: Warum machst du das, Leute umbringen, für Geld?«

»Nur, um mich finanziell über Wasser zu halten, bis meine Karriere als Porno-Darstellerin zündet.«

»Blödsinn. Wir wissen, dass Du Anteile an Molecule besitzt.«

»Die sind nur Nummer Vier bei Betriebssystemen und mir gehört gerade mal ein Prozent.«

»Das sind immer noch ein paar hundert Millionen. Warum hast Du Dich nicht zur Ruhe gesetzt? Dann wärst Du jetzt nicht hier.«

»Tja, es gibt Leute, die ihr Hobby zum Beruf machen … bei mir war's umgekehrt.«

City-Hopper. Und die Telefonnummer bestand nur aus Dreien und Sechsen. Es sah so aus, als würde Gärtner nicht noch einmal den Sanitäter aufsuchen müssen.

Er betrat das Büro in dem tristen Flachdachgebäude. Nur ein vollbärtiger Mann Ende dreißig, hinter einem abgewetzten Tresen.

»Tag. Sind Sie der Chef?«

»Nein, der ist unterwegs. Kann ich Ihnen helfen?«

»Vielleicht. Sind Ihre Lieferwagen mit GPS-Ortung ausgerüstet?«

»Ja …«

»Gut.« Gärtner zog seine Brieftasche aus der Jacke und legte ein Bündel Scheine auf den Tresen. Der Bärtige bekam große Augen.

»Zweitausend. Ich muss die Route von einem Ihrer Wagen wissen. Ein Sprinter oder einer aus dieser Klasse.«

»Da haben wir mehrere von …« Er konnte den Blick nicht von den Banknoten nehmen.

»Mich interessiert nur einer: Der, der irgendwann gestern eine gewisse Zeit lang in der Ferdinand-Porsche-Straße stand. Finden Sie den für mich.«

Fünf Minuten später drang eine Erfolgsmeldung aus dem Bart: »Hier! Von siebzehn Uhr siebenundzwanzig bis neunzehn sechsundvierzig in der Ferdinand-Porsche-Straße 55!«

»Ok. Wohin ist er dann gefahren? Über die Carl-Ulrich-Brücke?«

»Ja. Dieburger Straße, in Offenbach über den Nordring auf die A661, Offenbacher Kreuz auf die A3 …«

»Das Ziel reicht mir.«

»Der nächste längere Stopp war am Flughafen.«

Scheiße. Sie hatten Mücke außer Landes geschafft. Sie konnte jetzt überall sein.

»Welches Terminal?«

»Keins von den großen. Ziemlich südlich. Keine Ahnung, was da ist …«

»Können Sie mir die Karte mit dieser Position ausdrucken?«

»Kein Problem.«

»Und dann noch die weitere Tour?«

»Der ist danach wieder bei uns abgestellt worden. Es gab nur noch einen Halt, und das ist die Tankstelle hier vorne, an der …«

»Dann nur die Karte.«

In einer Ecke des Büros lief ein Drucker warm. Der Bärtige konnte seine Gier auf das Geld kaum noch verbergen. Mit dem Papier in der Hand kehrte er zum Tresen zurück wie ein Hund, der nach erfolgreichem Apportieren ein Leckerchen erwartet.

Gärtner fasste erneut in die Brieftasche. Er konnte noch eine Information abgreifen, die für seine momentane Aufgabe nicht relevant war, die er aber für eventuelle Vergeltungsmaßnahmen brauchen würde. »Keine Vendettas«, das hatte er Mücke eingeimpft. Aber falls sie tot war, konnten sich ihre

Mörder auf eine Racheaktion biblischen Maßstabs gefasst machen.

»Nochmal fünfhundert, wenn Sie mir sagen, wer den Wagen gemietet hat.«

»Abgeholt hat den so ein Kraftprotz, aber gemietet wurde der von … Moment … Klung-Care.«

Gärtner fügte die Scheine den anderen hinzu und verließ das Büro, ohne sich weiter um den Bärtigen zu scheren.

Mr. Blue zog das Beil aus Mr. Yellows Kopf. Die Klinge schabte am Schädelknochen und produzierte ein kratzendes Geräusch, unterlegt von saugendem Schmatzen, mit dem sich die Gehirnmasse vom Stahl verabschiedete.

Kein einfacher Sieg. Yellow hatte man seine Lieblingswaffe gegönnt, ein Katana. Und er konnte tatsächlich damit umgehen. Aber vielleicht hatte er sich zu sehr auf seinen Lorbeeren ausgeruht, vielleicht hatten seine Opfer keinen echten Widerstand geleistet, oder vielleicht hatte man ihn auch nur überschätzt. Blue hatte mit dem Beil die meisten der Angriffe abwehren können, bis auf zwei. Der Schnitt in der Bauchdecke, zum Glück nicht sehr tief, machte ihm nicht so viele Sorgen wie der durchtrennte Brachialis am linken Oberarm. Falls er einem der anderen Killer begegnen würde, konnte er Attacken mit Nahkampfwaffen nur noch mit der Rechten abwehren.

Das Katana würde seine Reichweite vergrößern, damit wären Angreifer besser auf Distanz zu halten. Das Beil nahm er in seine linke Hand. Tragen

funktionierte noch. Zwei Waffen sind besser als eine.
Und liegen lassen wollte er es auf keinen Fall.

»Tag, Herr Brunner.«

Gärtner konnte sich vorstellen, dass sein Gesprächspartner das Telefon am liebsten weggeworfen hätte. Es dauerte einen Moment, bis der Mann redete.

»Kowalski.«

»Genau. Sie sind mir noch was schuldig.«

»Ja. Aber hören Sie, ich will nicht eine Leiche entsorgen müssen, oder was immer ihre Sippe für einen Gefallen braucht!«

Typisch. Die Kowalskis sollten sich die Hände schmutzig machen und für andere die Kastanien aus dem Feuer holen, aber hinterher wollte man nichts mehr mit ihnen zu tun haben. Söldnerschicksal.

»Nein, ich brauche nur ein paar Informationen. Gestern ist ein Lieferwagen auf Ihrem Flughafen angekommen. Ich stehe gerade auf der Okrifteler Straße, an Tor 31. Da ist er rein, dann zu einem Gebäude ziemlich genau nördlich von diesem Tor gefahren.«

»Kann eigentlich nur das General Aviation Terminal sein.«

»Was passiert da?«

»Am GAT werden die kleineren Privatjets abgefertigt. Diplomaten, Manager. Die Reichen und Schönen.«

»Ich brauche eine Liste der Flugzeuge, die ab achtzehn Uhr gestern von dort gestartet sind. Bis, sagen wir, heute Mittag. Wem gehört das Flugzeug, beziehungsweise wer hat es gechartert, und wohin ging die Reise. Ich brauche diese Liste so schnell wie möglich.«

»Ich kann mich nicht einfach an den Computer setzen und ...«

»So schnell wie möglich, Brunner.«

»Aber ...«

»Hören Sie: Ich könnte ganz andere Sachen von Ihnen verlangen. Und da würde ich auch nicht mit mir feilschen lassen. Seien Sie froh, dass ich sie so glimpflich davon kommen lasse. Wir treffen uns in einer Stunde, und die einzige Wahl, die sie haben, ist der Ort.«

»... und wenn man mein Leben mal verfilmen sollte, will ich von Audrey Hepburn gespielt werden. Ich mag Audrey Hepburn.«

»Du siehst ihr kein bisschen ähnlich. Ganz davon ab, dass sie deutlich über achtzig wäre, wenn sie noch leben würde. Wie soll das gehen?«

»Ach, mit den ganzen Digitaleffekten heute ist das doch kein Problem. Stell Dir mal vor, wie sie in einem Kleid von Givenchy am Fenster sitzt, einen Raketenwerfer lädt und dabei singt: ›Blood River, deeper than a mile, I'm killing you in style ...‹ und der Zuschauer spürt, dass diese liebenswerte Person eigentlich ein bedauernswertes Opfer ihrer dunklen Vergangenheit ist.«

»Dunkle Vergangenheit?«

»Immerhin habe ich etlichen Leuten das Licht ausgeknipst. Und wenn ich schon an meiner eigenen Legende stricke, kann ich auch ein paar Fäden Tragik und Mysterium ins Muster fügen. Kommt immer gut. Und ist nicht so langweilig.«

»Wie was? Die Wahrheit?«

»Ja. Interessiert keinen. Lieber 'ne gute Geschichte.«

»Bei Dir ist die Wahrheit vielleicht eine gute Geschichte. Erzähl mal.«

»Als meine Mutter mit mir schwanger war, hat sie zu viele Zombie-Filme geguckt.«

Mein Gesprächspartner antwortete nicht, und das machte mich stutzig. So schlecht war der Witz nun auch wieder nicht. Das machte mich sogar so stutzig, dass ich seinem Beispiel lieber folgte und ebenfalls schwieg, während ich weiter lief.

Und tatsächlich, da stand Mr. Blue. Mit dem Rücken zu mir. Er zog gerade ein Beil aus Yellows Schädel.

1A-Gelegenheit.

Mit der Pfanne kam ich mir ein bisschen unterbewaffnet vor, also hob ich einen großen Stein auf.

Blue beschäftigte sich noch damit, zwischen dem Beil und einem Katana auszuwählen. Hatten die Yellow tatsächlich ein Katana gegeben. Na, super. Und ich bekomme eine Pfanne. Nie im Leben war das Zufall. Arschlöcher.

Ein dichter Teppich aus Tannennadeln, oder von mir aus auch Fichtennadeln, polsterte den Waldboden, ich konnte mich geräuschlos bewegen. Dazu der heftige Wind, der mir entgegen blies und seinen Körpergeruch zu mir trug, statt umgekehrt. Solange er sich nicht umdrehte, würde Blue in ein paar Sekunden die mineralische Drei-Kilo-Kopfschmerztablette verabreicht bekommen. Nie mehr Migräne, dank Doktor Kowalski.

Zwei Meter hinter ihm holte ich aus. Aber einen Schritt weiter war Feierabend: Aus meinem Halsband drang ein fürchterliches Quietschen, ich dachte, mir zerspringt der Zahnschmelz.

Blue drehte sich um, ich schaffte gerade noch einen kleinen Ausfallschritt und schleuderte den Stein in seine ungefähre Richtung. Er wich aus, und das Katana zischte einen Zentimeter vor meinem Bauchnabel durch die Luft.

Glück gehabt, aber trotzdem: Kacke.

Das war unfair. Das ging viel zu schnell. Sein Favorit hatte Mr. Yellow getötet, aber nun musste der Rothaarige zusehen, wie Mrs. Pink sich dem ahnungslosen Blue näherte, mit einem dicken Stein in der Hand.

Natürlich konnte er Blue nicht einfach warnen. Hinter ihm saß der Produzent, der würde eine Manipulation nicht gutheißen.

»Sieht nicht gut aus für dich, Regie. Schalte Pinks Front-Kamera mal auf den großen Schirm.«

»Ok.« Der Rothaarige gehorchte. Und nutzte den Griff zu dem entsprechenden Knopf seines Pultes, mit dem Ellenbogen das Mikrofon ein paar Zentimeter in Richtung des Lautsprechers zu drehen. Jetzt noch ein bisschen Ungeschicklichkeit …

Der Produzent hörte ein »Oh, Shit!« und sah aus dem Augenwinkel, wie der Rothaarige die Cola-Flasche wieder aufstellte. Das braune Zuckerwasser hatte sich über den Tisch verteilt und drohte, das Pult zu fluten. Der Rothaarige wischte das Getränk hektisch mit der Hand beiseite.

Ein markerschütterndes Geräusch schrillte für einen Moment durch die Zentrale. Der Produzent brauchte nur eine Zehntelsekunde, um zu begreifen, dass der gleiche Missklang aus dem Halsband von Mrs. Pink schallte.

Er sah zum Regisseur, der Rothaarige blickte mit einer Mischung aus Schuldbewusstsein und Verzweiflung zurück. »Ich bin an die Sprechtaste gekommen, versehentlich, und das Mikro stand ungünstig. War eine Rückkopplung. Tut mir leid ...«

Mr. Blue hatte das Mädchen unterschätzt. Immerhin hatte sie es geschafft, bis auf einen Meter an ihn heran zu kommen. Wenn das Geräusch nicht gewesen wäre ...

Blue war aufgesprungen und hieb mit dem Katana nach Pink. Sie wich den Attacken aus, mit verblüffender Geschwindigkeit. Er drängte sie zurück, aber sie ließ sich nicht vor einen Baum dirigieren. Sie stolperte auch nicht über einen der Äste, die auf dem Boden lagen.

Blue täuschte einen Schlag auf ihren Arm an, aber sie reagierte schon auf das eigentliche Manöver, bevor er es überhaupt ansetzte und schützte ihren Oberschenkel mit der Pfanne, die man ihr zugestanden hatte. Die Klinge des Katana glitt mit einem leisen, hellen Knirschen über den Gussboden der Pfanne und hinterließ eine Scharte.

Wenn sie wenigstens aufhören würde, zu quatschen. Natürlich wusste Blue, dass sie ihn mit dem konstanten Strom an Beleidigungen aus dem Konzept bringen wollte.

»Guter Schlag! Meine Oma hättest du bestimmt getroffen. Zumindest ihren Grabstein.«

So mies ihre Sprüche auch waren, und so wenig ihn der Inhalt störte: Dass sie es schaffte, seine

Angriffe mit Leichtigkeit zu parieren war schon irritierend. Aber dass sie ihn gleichzeitig noch verspotten konnte, ärgerte ihn. Er versuchte, den Ärger zu unterdrücken. Er hatte selber schon oft genug die Hitzköpfigkeit seiner Gegner ausgenutzt. Gegner, die dann zu Opfern wurden.

Da, sie ließ eine Lücke in ihrer Deckung! Zu kurz, um es auszunutzen. Aber das war vielleicht die Lösung. Blue versuchte eine Reihe anderer Angriffe, die Pink abwehrte. Dann probierte er erneut die Kombination aus Finte, Ausfall und Coupé, die ihren rechten Lungenflügel ungeschützt ließ. Tatsächlich, auch dieses Mal hatte er eine Hundertstel Sekunde, in der er ihre Rippen durchbohren konnte.

Das Katana ist eine Waffe, die geschwungen werden will, um den Gegner mit schneidenden Bewegungen zu verletzen. Die Klinge muss durch einen Hals oder einen Arm gezogen werden wie ein Küchenmesser durch eine Wurst. Als Stoßwaffe war es nicht gedacht. Dafür gab es das Tanto, das japanische Äquivalent zu einem Dolch. Aber Mrs. Pink bot ihm Gelegenheit, das Katana in ihren Brustkasten zu rammen, und die wollte Blue nutzen.

Finte, Ausfall und Coupé.

Blue legte all seine Kraft in den Todesstoß.

Brunner trat zu Gärtner an den Tisch, schaute sich um und kramte in seiner Aktentasche. Für Leute wie ihn hatte man das Wort »schlaksig« erfunden, Statur und nervöses Getue ergänzten sich zu einem Bild, das Gärtner amüsierte.

»Hier.« Brunner reichte Gärtner mit weit ausgestrecktem Arm zwei A4-Blätter. Gärtner ignorierte die Liste.

»Setzen, Brunner!« Den Namen des Mannes sprach er ein bisschen lauter aus, und wie erwartet, zuckte der zusammen und versuchte, sich in seinem Mantel zu verkriechen. Als ob jemanden interessieren würde, was die beiden zu besprechen hatten.

Brunner hatte das Eiscafé Roma in Walldorf als Treffpunkt ausgesucht, nur ein paar Minuten südlich vom Flughafen, nahe genug, um es in der Mittagspause aufzusuchen. Vor Gärtner stand schon eine Tasse Milchkaffee, ein angebissener Keks lag auf der Untertasse. Die einzige andere Person im Raum war ein gelangweilter Kellner, der Fingerabdrücke von der Scheibe vor der Eisauslage wischte, nachdem er auf Brunners Bestellung einen Cappuccino an der Tisch der beiden Gäste gebracht hatte. Brunners Hand zitterte, als er die winzige Tasse mit leisem Klirren wieder absetzte. Gärtner schwieg eine Weile, wollte seinen unfreiwilligen Helfer noch etwas schmoren lassen.

»Schon mal dran gedacht, dass wir weniger auffallen, wenn Sie sich etwas entspannen? Ihr Kopf geht hin und her, als ob Sie zum ersten Mal einen FKK-Strand besuchen. Die Leute gucken schon.«

»Das ist nicht witzig!«

»Ich könnte auch gut auf Ihre Gesellschaft verzichten. Pech. Also, die Liste: Was hat das alles zu bedeuten? C25A? Ist das die Flugnummer?«

»Ja. Dahinter die Abkürzung des Betreibers, Abflugzeit, Zielflughafen, Ankunftszeit.«

»Heißen Flüge nicht LH 1234, oder so ähnlich?«

»Das gilt nur für die Passagiermaschinen der großen Gesellschaften. Die kleinen Charterflüge werden mit einem Buchstaben und drei weiteren Stellen kodiert, durchlaufend.«

Fünf Flüge. Einer ging nach Berlin, planmäßige Abflugzeit aber erst fünf Stunden, nachdem der Lieferwagen den Flughafen verlassen hatte. Da hätte man direkt fahren können.

Vier Flüge.

»Was ist mit dem hier? H64U? Nach LFPO?«

»LFPO ist Paris-Orly. Einzelheiten auf dem zweiten Blatt.«

Ein Konzertveranstalter. Man flog MC Hörsturz und seine Truppe zum nächsten Konzert der großen Europa-Tournee.

»Wissen Sie, was das für ein Flugzeug ist?«

»Der Typ? Aus den Zahlen geht das nicht hervor. Aber Rent-A-Plane betreibt fast ausschließlich alte Lear-Jets. Ziemliche Mühlen.«

»Wie viele Leute passen da rein?«

»Kommt auf den genauen Typ an. Aber gucken Sie hier: ›Pax.‹ ist die Anzahl der Passagiere.«

Fünfzehn Leute. MC Hörsturz' Show brauchte anscheinend viel Personal. Oder er konnte auch in der Luft nicht auf Nutten oder Arschkriecher verzichten. Gärtner setzte ein Fragezeichen vor diesen Eintrag in der Liste. Unwahrscheinlich. Zu viele Zeugen. Zu indiskret.

Drei Flüge. Zu den Flughäfen LFPG, UUEE und ESSV.

»LFPG ist dann Paris Charles-de-Gaulle?«

»Genau. Medi-Trans, die diesen Flug gechartert habe, die kenne ich. Transportieren Organe. Hier steht ja auch was mit ›Kardio …‹, da hat jemand in Paris wohl ein neues Herz bekommen.«

Gärtner überlegte, ob man Mücke entführt hatte, um ihre Organe zu verkaufen. Aber dafür so ein Aufwand? Normalerweise schnappt man sich eine Obdachlose, das war billiger. Mückes Gehirn würde vielleicht mal in einem rechtsmedizinischen Institut enden, eingelegt in Formaldehyd. Aber sonst wies sie keine besonderen medizinischen Merkmale auf, die eine derartige Aktion rechtfertigen würden.

Zwei Flüge.

»UUEE?«

»Moskau-Scheremetjewo.«

»Hm. Haben Sie ein Smartphone? Gucken Sie doch mal, was die Firma Tigri so treibt.«

Brunners Begeisterung hielt sich deutlich sichtbar in Grenzen, aber er protestierte nicht. Nach einer Minute Tipperei auf dem Display seines Telefons lieferte er das erste Resultat: »Tigri sitzt hier um die Ecke in Rodgau, das ist anscheinend ein großer Zulieferer der Automobilindustrie … ›Beschichtung von Kolbenringen zur Minderung der Reibungsverluste, spart einskommafünf Prozent Sprit‹ …«

»Was haben die in Moskau zu suchen?«

Noch eine Minute Recherche.

»Anscheinend will eine russische Holding die Automarke Moskwitsch wieder auferstehen lassen, aber nicht veraltete Rostlauben bauen, sondern moderne Autos auf deutschem Qualitätsniveau. Dazu holt man sich deutsche Zulieferer, unter anderem eben Tigri. Ich habe hier ein Interview, in dem der Tigri-Geschäftsführer betont, dass man bei aller Euphorie über den chinesischen Markt die Russen nicht vergessen sollte … Noch mehr?«

»Nein.« Auch zu aufwändig. Niemand würde so eine Deck-Operation aufziehen, nur um eine Söldnerin zu entführen. Natürlich konnte sich eine dritte Partei angehängt haben und den Tigri-Leuten ohne deren Wissen Mücke untergejubelt haben. Aber dann wären für diese dritte Partei zu viele günstige Umstände eingetreten. Gärtner wusste aus eigener Erfahrung, dass das nie passierte. Eher das Gegenteil: Alles geht schief.

Blieb nur noch ein Flug übrig.

»Für welchen Flughafen steht ESSV?«

»Visby. Auf Gotland. Schwedische Ostseeinsel.«

»Ein Flieger von Privatjet Deutschland, gechartert von Redheaded Stepchild. Kommt mir bekannt vor.«

Brunner tippte auf seinem Smartphone. »Die entwickeln Videospiele.«

»Ja, stimmt.« Rennspiele waren nicht sein Geschmack, aber letztes Jahr hatte Mücke »Burning Rubber 4: The Smell of Drifting« mitgebracht, um sich die gemeinsame Zeit mit ein paar Runden zu vertreiben. Nette Grafik, aber viel zu einfach. Kinderkram. Trotzdem hatte er seinen Spaß gehabt. Es kam nicht oft vor, dass seine Tochter ihm absichtlich eine Freude machen wollte.

Brunner präsentierte das Ergebnis seiner fortgesetzten Suche: »Hier steht, Pascal Mölders, der Gründer von Redheaded Stepchild, hat vor drei Jahren mit mehreren anderen Geschäftsleuten, die aber anonym bleiben wollten, die Insel Gotska Sandön gekauft. Liegt ein paar Kilometer östlich vor Gotland. Das erklärt dann wohl den Flug nach Visby. Da hatte der Herr Millionär Bock auf einen Trip zu seiner Insel.«

Vielleicht.

»Wo sitzt die Firma?«

»Moment … laut Impressum auf der Homepage: In Berlin.«

»Ok. Können Sie feststellen, ob Mölders an Bord dieses Flugzeuges war?«

»Ich könnte einen Kollegen bei …«

»Dann tun Sie das.«

»Der muss sich auch an den Datenschutz halten!«

»Ja. Ok. Also, erstens, mein Name ist Schmidtke. Ich bin beim Bundesnachrichtendienst. Hier ist mein Ausweis. So, legitimiert. Zweitens, ich will keine Namen wissen, wer da sonst zu den Passagieren zählte. Nur, ob Mölders dabei war oder nicht. Drittens: Ich bin bereit, Ihren Kumpel für diese Informationen zu bezahlen. Fünftausend.«

Brunner riss sich von dem Ausweis los, den Gärtner immer noch vor dessen Gesicht hielt. Seine Augen leuchteten. Fast konnte man die Euro-Symbole in den Pupillen erkennen. Er würde den größten Teil der Summe selber einstreichen. Wenn er überhaupt etwas weiter reichte. Aber das war Gärtner egal.

Brunner telefonierte fünf Minuten, seine Stimmlage machte in dieser Zeit einen Rundgang durch die gesamte Stimmungspalette. Erst jovial, dann schleimend, bettelnd, aggressiv, zerknirscht, wieder bettelnd, zuletzt triumphierend und versöhnlich.

Gärtner hatte das Geld in die Speisekarte geschoben. Er hielt seine Hand auf dem laminierten Faltblatt.

»Drei Passagiere, keiner von denen Mölders!«

Gärtner gab die Karte frei, Brunner steckte das Geld ungeschickt ein.

Natürlich konnte es sein, dass Mölders irgendjemanden zu sich eingeladen hatte. Vielleicht zukünftige Geschäftspartner, die er beeindrucken wollte. Und zufällig starteten die eine halbe Stunde, nachdem der Lieferwagen mit der betäubten Mücke am GAT ankommt.

Eine saubere Aktion hätte sich in einen Routine-Flug eingeklinkt, Organe nach Paris, Manager nach Moskau. Aber eine wirklich saubere Aktion hatte man in der kurzen Zeit, die zur Verfügung stand, nicht vorbereiten können. Im Rahmen der Möglichkeiten war gute Arbeit geleistet worden, keine Frage. Gärtner hätte es kaum besser machen können.

»Wie komme ich schneller nach Visby? Auto oder Flugzeug? Checken Sie das. Wahrscheinlich Flugzeug. Wenn ja, besorgen Sie mir einen Flug. Dann sind Sie mich los.«

Gärtner sah noch, wie Brunner sich ein wenig entspannte, aber seine Gedanken drehten sich wieder um das Ziel der Entführer. Was, wenn man den Flug nach Visby nur als Ablenkungsmanöver für ihn inszeniert hatte? Was, wenn Mücke in Paris oder Moskau festgehalten wurde? Oder Berlin?

Es nutzte nichts, stundenlang die dürren Fakten wiederzukäuen. So wie es aussah, war Visby sein bester Tipp. Wenn er falsch lag, musste Mücke die Konsequenzen tragen.

Blue war schnell.
Richtig schnell.
Und stark.
Und er wusste verdammt gut, wie man mit einem Katana umgeht.

Kacke.

Er konnte seine Linke nicht mehr benutzen, ich konnte seine Attacken mit der Pfanne abwehren. Zwei Vorteile für mich. Sonst hätte er mich innerhalb von zehn Sekunden zu Gyros verarbeitet. Mhm, Gyros.

Er versuchte, mich vor einen Baum zu schieben, damit ich nicht weiter ausweichen konnte. Pech für ihn, so doof bin ich nun auch wieder nicht. Aber die Heftigkeit seiner Angriffe ließ mir keine große Gelegenheit zu einer Gegenoffensive. Er hatte mich am Arsch, wenn das so weiter gehen würde.

Denn letzten Endes, Emanzipation hin oder her, sind Frauen Männern körperlich unterlegen. Da kann man nichts machen. Zwar gehöre ich zu dem einen Prozent Frauen, gegen die neunzig Prozent der Männer keine Chance haben. Nicht unbedingt, weil ich stärker bin, sondern schneller. Und gemeiner, aber das lassen wir mal außen vor.

Bei weiteren acht Prozent der Männer wäre es ein Unentschieden.

Dummerweise hatte ich gerade mit einem der restlichen zwei Prozent zu tun.

Der Große Leslie hatte also schon ganz recht, dass es Miss Dubois wenig nutzte, Gewinnerin bei Frauen-Fecht-Turnieren zu sein, wenn sie gegen den Sieger der Männer antrat.

Kurz: Mir würde irgendwann die Puste ausgehen, während Mr. Blue noch munter weiter mit seinem Katana auf mich eindreschen konnte.

Meine Laberei lief auf Automatik nebenher. Ich wollte mich nicht auf sein Gesicht konzentrieren, um zu analysieren, ob ich ihn damit weich kochte. Dazu war ich gerade ein bisschen zu beschäftigt. Aber ich konnte an der nur noch bemerkenswerten Exaktheit seiner Attacken ablesen, dass es ihn nicht kalt ließ. Anfangs hatte er mich mit überdurchschnittlicher Präzision angegriffen.

Ich musste mir was einfallen lassen, deshalb öffnete ich ein Türchen. Nicht zu auffällig, gerade mal so lange, dass er einen Blick hinein werfen konnte.

Es klappte. Er klopfte noch mal an, ich machte nochmal kurz auf.

Beim dritten Mal wollte er reinkommen und sich breit machen.

Er stieß das Katana rechts in meinen Brustkasten.

Jedenfalls war das sein Plan.

Ich bewegte mich fünf Zentimeter nach links. Eigentlich hätten es sechs Zentimeter sein sollen, aber, wie gesagt, er war wirklich schnell. Das Katana drang in meinen Overall und schälte mir Haut von den Rippen.

Hätte nicht sein müssen, aber egal.

Blue war mir durch den unerwartet ungebremsten Schwung eine Hundertstel Sekunde lang nahe genug gekommen. Zeit genug für ein dreistufiges Manöver, an dessen Ende er ohne Schwert da stehen würde.

Erstens: Seine Nase mit meiner Stirn plätten.

Zweitens: Meinen rechten Arm gegen meinen Körper drücken, um wenigstens für einen Augenblick die Klinge zu fixieren.

Drittens: Mit dem linken Handballen gegen die Breitseite des Katanas schlagen.

Bei einem minderwertigen Katana bricht die Klinge dann. Schlechte Katanas sind so gehärtet, dass die Schneide zwar sehr lange irre scharf bleibt, was recht beeindruckend ist. Aber der Stahl wird durch das Härten spröde. So spröde, dass er keine Belastung aushält. Deshalb soll man mit den Dingern schneiden, nicht hauen. Als Axt sind die nicht zu gebrauchen.

Dummerweise hatte ich es hier mit einem Qualitätsprodukt zu tun, vielleicht ein Hattori Hanso. Die Klinge brach nicht. Ich hatte sie nur ein bisschen verbogen.

Kacke.

Ich gab das Schwert wieder frei und trat schnell einen Schritt nach hinten, bevor er wieder loslegen konnte.

Er stand da und sammelte sich einen Moment.

Das war ein Fehler.

Ich drehte mich um und spurtete los. Untypisch für mich, normalerweise halte ich drauf. Wie man das spontan so macht, wenn man keine Angst hat. Aber weil ich Zeit genug gehabt hatte, mein Risiko bei dem ganzen Blödsinn hier zu analysieren, hielt ich Rückzug für die geeignetste Strategie.

Vielleicht war er froh, mich los zu sein. Immerhin hatte ich sein Nasenbein gebrochen. Jedenfalls folgte er mir nicht. Nach ein paar hundert Metern drehte ich mich um: Kein Blue. Ich drosselte das Tempo und trabte weiter in die Richtung, in der ich das Meer vermutete.

Zeit, eine formelle Beschwerde einzureichen.

»Ihr verdammten Kacknasen! Was sollte das denn gerade? Ich hätte ihm eins auf die Rübe geben können!«

Der Regisseur wand sich ein bisschen, weil er den Blick des Produzenten in seinem Nacken spürte.

»Tut mir leid, das war ein Versehen. Mir ist hier ein kleines Malheur passiert und …«

»Malheur, am Arsch! Ich werde entführt, in einen tussifarbenen Putzlumpen gesteckt, der, nebenbei gesagt, meine Figur sehr unvorteilhaft betont, muss mit einem Bratgerät für Magersüchtige gegen irgendwelche Ninja-Gorillas antreten, und jetzt pfuscht ihr mir auch noch dazwischen? Mittlerweile bin ich doch ein klein wenig genervt, ihr Pillemänner.«

»Ok, ehrlich, tut mir leid. Ich schau mal, ob ich das wieder gut machen kann …«

Der Rothaarige drehte sich um, der Produzent nickte und wies zu der Karte. »Lass sie ausweichen.«

»Ok, also, Mrs. Pink, wenn du dich weiter in diese Richtung bewegst, läufst du direkt dem Nächsten in die Arme. Ich würde dir einen Spurt empfehlen, so ungefähr zweihundert Meter nach Norden, dann kannst du wieder weiter nach Westen.«

»Wenn du mich verarschst … aber das heißt, wenn ich dann wieder nach Süden gehe, könnte ich ihm in den Rücken fallen?«

»Würde ich dir nicht empfehlen.«

»Wer ist das denn?«

»Soll dir egal sein.«

»Ach, komm, biddööö …«

Der Regisseur lachte. »Meine Güte, wenn man dir den kleinen Finger reicht, willst du gleich den ganzen Arm!«

»Sagt Papa auch immer. Langsam glaube ich fast, dass da was dran sein könnte.«

»Den würde ich gerne mal kennenlernen. Mal ein paar Takte über dich reden.«

»Das wird früher passieren, als dir recht ist.«

Das Schwanken von Mrs. Pinks Kameras nahm zu, sie rannte jetzt durch den Wald, wie man es ihr empfohlen hatte. Die Ohren der Anwesenden erholten sich von ihrer Stimme. Der Rothaarige dachte über ihre letzten Worte nach.

»Was ist, wenn der tatsächlich hierher kommt? Ich habe es schon mal gesagt, und ich sage es wieder: Ich fürchte, wir haben ein größeres Stück abgebissen, als wir kauen können ...«

Der Produzent zuckte mit den Schultern. »Und was willst Du machen? Alles abblasen? Das Wild verschonen? Oder alle Halsbänder aktivieren? Jeder, den wir leben lassen, wird uns jagen, da kannst du dich drauf verlassen. Es sei denn, wir geben jedem die zehn Millionen. Das Dumme ist nur: Mrs. Pink zum Beispiel pfeift auf das Geld. Die kann uns locker in die Tasche stecken, finanziell gesehen. Wer weiß, ob die uns nicht trotzdem umlegt. Und wenn wir sie umlegen, kommt ihr Vater auch. Wir können nicht mehr umdrehen!«

Die Frau mit der Figur einer Leichtathletin saß auf der Lehne des Sessels, in dem der Produzent hing. Sie fuhr ihm mit der Hand durch die Haare und sagte zum Regisseur: »Du musst zugeben, dass das was ganz anderes ist als die Amateure, die wir bis jetzt immer hatten. Da gab's immer nur Geheule und Gekeule, die reinste Seifenoper. Das hier ist Action pur! Deutlich aufregender.«

Der alte Häuptling löste seinen Blick von ihren Schenkeln. »Du hast völlig recht, meine Liebste, und die Einnahmen aus den Livestreams beweisen das: Wir haben unsere Preise pro Megabyte auf ein Niveau geschraubt, das etwa viertausend Prozent über unserer bisherigen Obergrenze liegt, und nicht ein einziger Abonnent ist abgesprungen!«

Der Rothaarige wandte sich wieder dem Regiepult zu. Er fühlte sich unverstanden und als Opfer des Gruppendrucks. Als wäre man noch auf der Schule.

Das ätzende Dröhnen hatte vor einer Weile wieder eingesetzt.

»... und natürlich habe ich mir auch schon Gedanken gemacht, ein Drehbuch zu schreiben. Willst Du mal hören? Also, in der Zukunft ist die Menschheit nicht mehr abhängig von Öl, sondern von einem seltenen chemischen Element namens Nichdrankommium. Auf einem anderen Planeten gibt's reichlich davon, aber weil dessen Atmosphäre für Menschen giftig ist, werden Körper, die denen der Ureinwohner gleichen, künstlich gezüchtet und von Menschen telepathisch gelenkt. Um die Ureinwohner über den Tisch zu ziehen. Aber einer von den Menschen entdeckt seine Sympathien für die, verliebt sich sogar, und wechselt am Schluss ...«

»Den Film gibt's schon, das ist ...«

»Ich weiß. Ich wollte nur mal prüfen, ob Du noch zuhörst. Aber wo wir gerade beim Thema sind: Warum schmeißen die Na'vi in der finalen Schlacht nicht einfach Steine von oben in die Rotoren? Weil der Film dann eine halbe Stunde kürzer wäre und es weniger dramatisch und tragisch zuginge, deshalb. Und Michelle Rodriguez könnte nicht im Tanktop den Heldentod sterben. Ist Dir mal aufgefallen, dass sie genau das in ungefähr 26 Filmen tut? So aus dem Stegreif fallen mir bestimmt ein Dutzend ein. Also, da wäre ...«

Der Rothaarige schaute aus seinem Bürostuhl zu der athletischen Frau auf, die sich neben ihn gestellt hatte.

»Die nervt mich, das glaubst Du nicht. Wenn sie wenigstens nicht so eine Stimme hätte. Ich glaube, ich stelle den Ton ab.«

»Nein. Das will sie doch gerade. Wer weiß, was die plant.« Sie legte ihm die Hand auf die Schulter und strich mit dem Zeigefinger über sein Ohrläppchen. Mehr gab's nicht, und das blies seine Frustration noch weiter auf.

»Nichts. Die kann nur nicht aufhören zu quatschen.«

Ok, genug gerannt. Jetzt erstmal die Wunde verarzten. Nicht so einfach, schließlich konnte ich noch nicht mal einen Blick drauf werfen, so ohne Spiegel. Pfützen taugen da nicht viel, auch wenn Märchen und Legenden was anderes behaupten. Es fühlte sich aber nicht so dramatisch an: Blue hatte mich auf etwa zehn Zentimetern filetiert. Ich konnte einen daumenbreiten Hautlappen runter klappen, die Rippen lagen aber noch nicht frei. Glück gehabt.

Naja, ging so. In meinem BH ist ein dünner, starker Draht eingenäht, dazu gedacht, notfalls einen Bewacher zu garottieren oder dergleichen, aber auch als Faden geeignet, wenn kleine Wunden zu nähen sind. Dummerweise hatte man diesen BH durch einen unbewaffneten ersetzt.

Sekundenkleber war auch nicht greifbar.

Mullbinde: Nein.

Nicht mal eine Tube Ringelblumensalbe.

Immerhin fand ich einen Spitzwegerich. Ich zerkaute ein paar Blätter, spuckte den Brei in meine Hand und verrieb ihn auf der Wunde. Als Behelfs-Pflaster legte ich noch ein ganzes Blatt drüber. Das hielt von alleine an dem klebrigen Zeug. Blutstillend und antibakteriell, leider nicht schmerzlindernd.

Ich war gerade fertig, da erfüllte sich Caspars Wetterprognose: Erst fielen nur ein paar Tropfen, dann ein paar mehr, und dann schüttete es wie aus Eimern. Innerhalb einer Minute wurde es düster, als hätte jemand sämtliche Wolken dieser Welt über der Insel geparkt. Der Lichtstrahl des Leuchtturms fand nun reichlich Reflektionsfläche und glitt alle paar Sekunden über mich hinweg wie ein gigantisches Laserschwert. Das Rumpeln, das eben noch meilenweit entfernt schien, entpuppte sich nun als krachende elektrische Entladung, die mich umzingelte. Blitze tobten durch die Dunkelheit mit der stroboskopischen Frequenz einer Todes-Disco.

Bei einem Gewitter soll man bekanntlich frei stehende Bäume meiden. Aber in einem Wald sind die ja eher selten. Trotzdem wollte ich die Physik nicht in Versuchung bringen und mich wieder tasern lassen, deshalb legte ich mich sicherheitshalber auch noch auf den Rücken.

Der Regen prasselte auf meinen Körper wie Kieselsteinchen, ich hielt mir die Pfanne vor das Gesicht, um die Augen zu schützen. Als es auch noch anfing zu hageln, drehte ich mich auf den Bauch. Wenigstens wurden die Hagelkörner nicht so groß, dass ich einen Besuch beim Beulendoktor einplanen musste. Regenwürmer krochen aus der Erde, um ihren vermeintlichen Namensstifter zu begrüßen. Ungefähr ein Dutzend landete zerkaut in meinem Magen. Geschmort sind die eigentlich ganz lecker, roh eher weniger. Aber Essen ist Energie, und weil die nötige Konzentration beim Kampf mit Blue meinen Level schwer gesenkt hatte, kam ein kleiner Happen ganz gut.

Es dauerte lange, bestimmt eine halbe Stunde, dann hörte es auf, wie ausgeknipst. Die Sonne kam wieder raus, die Vögel sangen, es fehlten nur noch ein Regenbogen und ein paar Geigen, die zu einer Alles-wird-gut-Symphonie ansetzten.

Der Wind hatte sich zum Glück auf ein laues Lüftchen reduziert, sonst wären wir alle wohl an Lungenentzündung gestorben. Klatschnass. Und sauber. Dieses Mal musste ich aber nicht groß nach einer Schlammpfütze suchen, um mein Ganzkörper-Tarn-Makeup aufzufrischen.

Während meiner zweiten Fangopackung an diesem Tag kam eine Durchsage von den Offiziellen: »An alle. Mr. Yellow ist ausgeschieden, ebenso Mr. Orange.«

Dass Yellow tot war, hatte ich ja gesehen. Eine Axt im Kopf macht einem das Leben nicht leichter.

Aber dass Caspar schon so früh ausschied, wunderte mich. Das musste ja heißen, dass er direkt die erste Auseinandersetzung nicht überstanden hatte. Merkwürdig. Ich hätte eigentlich gedacht, dass er gegen alle anderen bestehen konnte, außer vielleicht Dimitri. Und wenn ausgerechnet der ihn erwischt hatte, war es vielleicht weniger schnell gegangen, als ich ihm gegönnt hätte.

Aber ich sparte mir die Frage nach dem Wer und Wie. Vergossene Milch.

Weiter ging's, auf zum Meer.

Gärtner stopfte die Umhängetasche in das Fach über seinem Sitz. Er hatte sie in Frankfurt zusammen mit ein paar Utensilien und Illustrierten gekauft, um nicht völlig unbepackt an Bord des Airbus zu gehen. Das wäre aufgefallen. Er durfte bloß nicht vergessen, sie auch wieder mit von Bord zu nehmen. Auch das würde Aufmerksamkeit erregen.

Die Beretta und die Granaten hatte er Brunner zur Aufbewahrung gegeben. Der schlaksige Mann hatte seine Extremitäten kaum noch unter Kontrolle, als er mit den Waffen in einer Supermarkt-Tasche aus dem Eiscafé gestakst war. Er musste sie bloß ein paar Stunden behalten, bis Dominik, der Fälscher, ihn davon befreite. Würde schon klappen. Und wenn nicht: Pech für Brunner.

Am Ziel musste Gärtner sich neu ausstatten. Aber das war das geringste Problem. Wichtiger war die Frage, wie er auf Gotska Sandön gelangen konnte, die Insel des Spieleentwicklers. Auf Brunners Smartphone hatte Gärtner sich über das Eiland informiert: Etwa vierzig Quadratkilometer groß, Heimat eines Nationalparks. Als der Park 2009 auf die ganze Insel ausgedehnt werden sollte, um die nur dort vorhandenen Käfer komplett vor menschlichem Kontakt zu schützen, stellte man fest, dass sich für den Unterhalt nicht genug Geld im Staatshaushalt abzweigen ließ. Unter dem Protest der schwedischen Grünen verpachtete man die Insel deshalb an ein privates Konsortium, als dessen Sprecher Mölders auftrat. In einem Interview erklärte der rothaarige junge Mann, dass er und seine Teilhaber natürlich die strengen Auflagen einhalten werden, aber man solle ihnen doch bitte nachsehen, wenn sie die routinemäßigen Kontrollbesuche auf der Insel dazu nutzen würden, sich in der ehemaligen Touristen-station am Leuchtturm ein paar schöne Tage zu machen. Man denke darüber nach, ein aufwändiges Überwachungssystem zu installieren, durch das nur noch drei oder vier dieser Besuche im Jahr not-wendig seien.

Den Weg über Visby hatte Gärtner sich gespart, nachdem er feststellen musste, dass es keinen Direkt-flug dorthin gab. Und was konnte er dort schon groß herausfinden, außer dass man Mücke auf das Eiland verschifft hatte. Ein Blick auf die Karte hatte ihm verraten, dass die Entfernung zwischen Visby und der Insel nicht viel geringer war als die zwischen Stockholm und Gotska Sandön. Es ging von beiden Startpunkten aus etwa hundert Kilometer über das Meer. Also hatte er Brunner einen Flug nach Stockholm buchen lassen. Vorteil Stockholm: Birte Helberg wohnte in der Nähe.

»»Manche Leute sind ok. Aber meistens würde ich am liebsten alle vergiften.«

»Das ist aus ... Moment, ich hab's gleich ... das sagt die junge Scarlett Johansson, oder?«

»Ja, aber entscheidend ist der Titel des Films.«

»Ich komm gleich drauf, gib mir eine Minute.«

»Von wegen. Damit Du googeln kannst?«

»Ich hab versprochen, nicht zu googeln!«

»... und die ganze Situation, in die du und deine Kumpels mich manövriert haben, untermauert deine Vertrauenswürdigkeit ja auch so hervorragend. Du weißt den Titel nicht, also: Punkt für mich. Ich liege mit 26 zu 15 vorn. Sieht schlecht aus für dich.«

»Das hole ich noch auf. So, ich bin wieder dran ... Nein, Moment, da tut sich was ...«

Dann war es still. Keine Ahnung, was ihn abgelenkt hatte, war auch egal.

Immerhin, da war das Meer. Blau-Grün-Grau, und es reichte bis zum Horizont. Wie das so ist. Die Küste der Insel mischte sich aus Sand und Felsen, von beidem jeweils zu viel oder zu wenig, um Touristen zu interessieren. Ich verspürte jedenfalls nicht den Drang, mir die Klamotten vom Körper zu reißen und in den Wellen zu tollen.

Immerhin, mit dem Wasser im Rücken konnte man mich nur noch von drei Seiten angreifen. Dumm nur, dass ich vor diesem Hintergrund besser zu sehen war. Etwas weiter nördlich konnte ich eine Felsenformation erkennen, die mit etwas gutem Willen als Klippe durch ging. Vielleicht fand ich dort Deckung.

Als ich näher kam, fiel mir ein großer, brauner Haufen auf, der auf der Spitze der Mini-Klippe thronte. Mr. Brown. Er saß da wie ein Buddha, aber nicht in Meditation versunken.

Er sah mich, ich winkte. Er grinste, und dieses Mal war er es, der die Bruce-Lee-Komm-doch-Geste brachte. Ich gab ihm pantomimisch zu verstehen, dass er meinen Hintern küssen könne.

Er lachte. Schade, dass wir uns unter diesen Umständen kennen gelernt hatten. Ein romantisches Dinner bei Kerzenlicht in einem schicken Restaurant, und anschließend ein paar Runden auf dem Kaltschaum-Parcours wären mir lieber gewesen. Wobei er wahrscheinlich ein Typ war, der die Kerzen vom Tisch gewischt und mich direkt im Restaurant genommen hätte. Oder, noch besser: Der brauchte bestimmt gar keinen Tisch, auf den er mich legt ... er könnte mich auch einfach hochheben und ...

Ich pfiff meine Gedanken aus dieser Ecke zurück und konzentrierte mich auf die aktuelle Situation. Nicht, ohne vorher eine mentale Notiz anzulegen, bei zukünftigen Gelegenheiten dieser Art das Tragen eines Rockes zu erwägen. Mjam.

Jetzt aber wirklich: Es war vielleicht eine gute Idee, Mr. Brown als so eine Art Türsteher zu benutzen. Ohne sein Wissen. Ich lief ein paar Dutzend Meter weiter am Ufer entlang. Die Klippe fiel ab, bis sie mit dem Strand verschmolz. An ihrem Fuß schlängelte sich ein schmaler Sandstreifen zwischen Wasser und Fels entlang, im Rücken von Mr. Bazooka Joe Brown und rund acht Meter unter ihm.

»An alle: Mr Blue ist ausgeschieden.«

»An Nasenbluten?«, fragte ich. Hätte ja sein können. Nicht, dass ich mir Kerben in den Colt schnitze oder so, aber man will ja doch wissen, was man geleistet hat.

»Nein.«

Einzelheiten folgten nicht. Egal.

Ok, es waren also nur noch vier Leute über. Hier war ich, da war Mr. Brown, und irgendwo trieben sich noch Dimitri und der Ire rum. So weit, so gut.

»Sollen wir weitermachen? Ich habe hier ein Zitat, dass du garantiert nicht ...«

»Nein, und mir wäre es sehr recht, wenn du endlich mal aufhören würdest, mich voll zu labern«, unterbrach ich ihn.

»Was, ich labere dich voll? Du redest doch in einem ...«

»Schnauze!«

Er gehorchte. Bestimmt war er jetzt beleidigt. Ich hatte keine Ahnung, wie er aussah, aber meine Phantasie stellte mir einen leicht wurstigen Durchschnittstypen zur Verfügung, der jetzt die Unterlippe vorschob, während seine Kumpel sich über ihn lustig machen, weil er sich von einem Mädchen anranzen lässt. Aber er hatte keine Wahl, sonst hätte er sich in das Spiel eingemischt, und das wollten die ja angeblich nicht.

Ich ging nämlich wieder zurück, hielt mich möglichst in der Deckung der Felsbrocken und schaffte es, von Mr. Brown unbemerkt, direkt hinter seinen Felsenthron.

Die Klippe hing ein bisschen über, was verhinderte, dass er mich von oben ohne weiteres sehen konnte. Falls er zum Beispiel auf die Idee kam, über den Rand zu pinkeln. Aber bei dem Wind wäre die Pisse eher auf seinen Hosenbeinen als in meinen Haaren gelandet. Und so doof war er nicht, dass er das erst experimentell herausfinden musste. Also hatte ich wohl Ruhe vor ihm.

Andererseits bräuchte ich eine Bergsteiger-ausrüstung, um hoch zu klettern und ihm von hinten die Pfanne über den Schädel zu ziehen.

Aber dieses Patt war mir ganz recht. Sollte Bazooka Joe mir Red und Green vom Hals halten. Wenn er als letzter übrig war, würde ich mir was einfallen lassen.

Vor mir das Meer, hinter mir der Felsen: Ich war in zwei Richtungen relativ sicher. Links über den schmalen Strand war ich gekommen, rechts ging es nach ein paar Metern ein Geröllfeld hinauf. Also keine Sackgasse. Ich fand meine Position ganz gut.

Gärtner stand im Terminal 2 des Stockholm Arlanda Airport und stieß das aus, was Mücke seinen Flughafen-Seufzer nannte. Auch wenn Heerscharen von Marketing-Experten und Design-Strategen beachtliche Budgets verbrieten, um elegante Individualität und weltoffene Behaglichkeit in die Gebäude zu zaubern: Für Gärtner sahen alle Flughäfen gleich scheiße aus. Weil die Menschen darin überall gleich scheiße aussahen. Entweder grenzhysterische Urlauber unter Wohlfühldruck oder zwangsreisende Unentbehrliche, die ihre Geschäfte lieber telefonisch erledigt hätten.

Zu letzteren gehörte Gärtner selber, gestand er sich ein. Und wahrscheinlich sah er genauso genervt aus wie die Horde der Vielflieger. Nur zog er keinen Rollkoffer hinter sich her, sondern hatte lediglich die Umhängetasche mit nutzlosem Inhalt geschultert.

Aber wenn Birte Helberg pünktlich war, konnte er damit rechnen, in Kürze wieder über zweckführendere Ausstattung zu verfügen.

Gärtner hatte Dirty Birty noch aus Frankfurt angerufen, während er auf den Abflug wartete. Sie stand gerade zur Verfügung und verlangte einen ordentlichen Haufen Euros. Egal, Gärtner kannte sonst niemanden in diesem Teil der Welt. Skandinavien war, trotz der Wikinger-Vergangenheit, kein guter Nährboden für Söldner. Gärtner hatte immer den Eindruck, dass man mit zunehmender Nähe zum Polarkreis Konflikte mehr und mehr durch gemeinsame Besäufnisse löste.

Birte vertrug keinen Alkohol und neigte deshalb mehr zur traditionellen Methode der Konfliktbewältigung. Im Alter von sechzehn Jahren stand sie zum ersten Mal wegen Totschlags vor Gericht. Nach mehreren Jahren in verschiedenen Gefängnissen Skandinaviens machte ein Talent-Scout die Kowalskis auf die junge Frau mit der Statur eines Hünen aufmerksam. Man schaffte es, ihren Hang zur Gewalttätigkeit in lukrativere Bahnen als Tankstellenüberfälle zu lenken. Dabei stellte sich heraus, dass Birte Talent zur Pilotin hatte. Sie konnte alles fliegen, vom Hubschrauber bis zum Jumbo. Gärtner vermutete, dass sie zur Not auch einen Meter Blumendraht oder einen Betonklotz zum Abheben bewegen konnte. Als größter Çoup im Dienste der Kowalskis gelang ihr um die Jahrtausendwende der Diebstahl eines Harrier-Senkrechtstarters von einer britischen Basis auf den Falkland-Inseln. Danach hatte sie sich etwas zurück gezogen, in der zufriedenen Gewissheit, dass diese Aktion nur schwer zu überbieten wäre. Mit dem Sold legte Birte sich ein halbes Dutzend Kleinflugzeuge und Hubschrauber zu, mit denen sie zahlungswillige Naturfreunde in die abgeschiedeneren Ecken der skandinavischen Wildnis transportierte.

»Hallo, Herr … äh …«

»Gärtner.«

»Ah, ja.« Sie wusste, dass ihr Kunde noch nie ein großer Freund von Small-Talk war. Und so, wie er am Telefon geklungen hatte, sparte sie sich die Frage nach seinem Befinden und ging gleich über zum Geschäftlichen.

»Mit ein bisschen Glück sind wir in einer Stunde wieder in Västerås. Göran macht gerade die Tecnam startklar, wir können sofort los, wenn wir ankommen. Ich habe eine kleine Ausrüstung für dich zusammengestellt: Eine P99 und ein Ak5 mit Granatwerfer, dazu ein paar Meter Seil und Haken, ein Pfund Semtex und zwei Zünder. Was ich so rumliegen hatte.«

»Schalldämpfer?«

»Für die Walther. Aber ich habe keine Unterschall-Munition. Ein Freund von mir will was bringen, aber ich weiß nicht, ob er rechtzeitig da ist.«

»Wenn nicht, dann nicht. Nachtsichtgerät?«

»Ist dabei. Messer sowieso. Und ein paar Pausenbrote habe ich dir auch geschmiert, mein Kleiner.«

Sie lachte, Gärtner lächelte. Er hoffte, dass sie sich den Spaß verkneifen würde, ihn während des Fluges zum Kotzen zu bringen. Aber seit Birte drei Kinder geboren hatte, war sie beinahe menschlich geworden. Er fragte sich immer noch, wie es der schmale Göran geschafft hatte, diesen Berg von Frau zu ersteigen. Aber er wollte es sich nicht unbedingt vorstellen. Nicht, dass Birte eine hässliche Frau war. Oder fett. Sie war nur zu viel Frau für einen einzelnen Körper.

Drei Zentner Fleisch, die unkontrolliert auf Felsen landen, platschen ziemlich heftig. Auch wenn Mr. Brown nur sieben oder acht Meter tief gefallen war. Das laute Krachen, das sich unter das Platschen gemischt hatte, klang nicht sehr gesund. Er lag auf dem Rücken, drehte den Kopf langsam hin und her, stöhnte leise und sonderte alle möglichen Varianten von »Fuck« und »Motherfucking« ab. Nach ein paar Sekunden entdeckte er mich und bekam große Augen. Ich lehnte vier fünf Schritte von ihm entfernt an der Klippe und winkte ihm zu.

Ich hatte die Geräusche des Kampfes gehört, auch, dass Mr. Brown mit Mr. Red, Dimitri, kämpfte. Allerdings hätte ich mir ein anderes Ergebnis gewünscht.

Unter diesen Umständen hielt ich es für eine gute Idee, schleunigst zu verschwinden. Auch wenn Dimitri mich von oben nicht sehen konnte, er stieg bestimmt hinab, um Mr. Brown den Rest geben. Der Sandstreifen zu meiner linken würde auf ihn einen bequemeren Eindruck machen, also orientierte ich mich nach rechts. Wenn er wider Erwarten von dort käme, konnte ich immer noch umdrehen und abhauen. Im Sprint war er bestimmt schneller als ich, aber bei Distanzen über fünfzig Metern war ich im Vorteil, weil meine Beine nicht soviel Gewicht transportieren mussten.

Nachdem ich die halbe Strecke zurückgelegt hatte, teils kletternd, hörte ich vor und über mir das feine Klickern kleiner Geröalllawinen. Ich begann sofort mit dem Abstieg und drehte mich nur noch mal um, weil ich Dimitri die Zunge rausstrecken wollte.

Aber das war nicht Dimitri, der den Hang hinunter eierte.

Das war Mr. Green, und er zielte mit der MAC-10 auf meinen Kopf, während sein fieses Grinsen breiter und breiter wurde, bis es an die Ohren stieß.

Gegenüber bummelte Mr. Red den Sandstreifen entlang, die Daumen, in Ermangelung von Hosenträgern, in die Achselfalte des Overalls gesteckt. Fehlte nur noch ein Grashalm im Mundwinkel. Er hatte seine Haare zu einem Pferdeschwanz geflochten, der fröhlich hin und her wippte und ihm fast bis zur Gürtellinie reichte.

»Ich will sie lebend, Lewis!«

»Ist mir klar, Dimi!«

Na, die hatten sich ja so richtig lieb. Dass Dimi mich von seinem Kumpel nicht erschießen ließ, weil er noch Bock auf eine Partie Mau-Mau hatte, hielt ich für unwahrscheinlich. Wo sollte er die Karten her haben?

Mr. Green trieb mich hinunter. An Mr. Red konnte ich nicht vorbei, und selbst wenn, ich hätte mir ein paar Kugeln in den Rücken gefangen. Also kam ich neben Mr. Browns leblosem Körper wieder zu stehen.

»Lass die Pfanne fallen!«, sagte Dimitri. Ich gehorchte.

Er kam auf mich zu, und gerade, als ich mit einem oder zwei kleinen Scherzen die Stimmung etwas entspannen wollte, griff er nach meinem Hals. Er hob mich mit einer Hand hoch und ich konnte das nur mit Röcheln und Gurgeln kommentieren. Schläge und Tritte gingen ins Leere, meine Reichweite konnte mit seiner nicht mithalten.

»Weißt Du noch, als wir uns das erste Mal gesehen haben, Kowalski?«

»Aglrgl!«

»Du stiegst gerade von einem Boot, über dessen Reling die Leichen somalischer Piraten hingen. Liebe auf den ersten Blick ... aber dann hast du dein Maul aufgemacht und seitdem bist du mir nur noch auf den Sack gegangen. Lewis, komm her! Halt ihre Arme fest!«

Mr. Green legte die MAC ab und griff nach meinen Handgelenken. Ich konnte mich ein paar Sekunden seinen Pranken entziehen, aber Dimitri semmelte mir mit seiner freien Hand eine. Für ein paar Sekunden verlor ich die Kontrolle über meinen Körper. Und einen Eckzahn. Mal wieder.

Das Echo des Schlages rollte in meinem Kopf hin und her, anscheinend ohne jemals ausklingen zu wollen.

Der Ire hielt mir die Arme hinter dem Rücken fest. Er war längst nicht so stark wie Dimitri, aber für mich reichte es locker. Der schweizerische Russe öffnete seinen Overall und holte seinen Schwanz raus. Der war schon ziemlich hart. Wahrscheinlich hatte er sich diese Situation schon oft in seiner Fantasie ausgemalt. Andererseits wollte ich mir nicht zu viel einbilden, Dimi bekam bestimmt jedesmal einen Ständer, wenn er einer Frau den Hals zudrücken konnte.

»Nimm mein Messer, schneid ihr die Klamotten auf! Aber pass auf, dass du sie nicht verletzt! Ich will sie ficken, bis sie blutet, nicht während sie blutet ...«

Lewis lachte dreckig. Warum er nicht uns beiden ein paar Kugeln verpasste, blieb sein Geheimnis. Vielleicht hatte er nur eine. Kacke, seine MAC war nur eine 9mm, keine 45er ... eine Neuner-Kugel hätte ich vorhin vielleicht mit dem Pfannenboden bremsen können!

Aber das war vergossene Milch. Mr. Green schaffte es, meine beiden Handgelenke in einer seiner Pranken einzuklemmen. Er säbelte an meinem Hosenboden herum, während Dimitri mein linkes Bein hochhob. Ich wehrte mich nicht, schließlich wollte ich nicht unbedingt ein Messer in der Arschbacke stecken haben. Oder sonstwo.

Lewis warf das Messer beiseite. Ich sah es aus dem Augenwinkel, war nur ein Taschenmesser. Gerade, als der Ire seine Hände wieder gleichmäßig auf meine Handgelenke verteilen wollte, zog Dimitri mich plötzlich so nah an sich heran, dass sich unsere Nasenspitzen berührten. Lewis geriet durch den Ruck etwas aus dem Gleichgewicht, ich konnte meine linke Hand aus seinem Griff befreien. Leider nicht die rechte. Egal.

Dimitri fasste meinen Hals mit beiden Händen, drückte fester zu und flüsterte sexy Brutalitäten.

Er lächelte, als er spürte, dass meine Hand am Ende seines Pferdeschwanzes zog.

Er wusste, dass mir das nichts bringen würde.

Er wusste nicht, dass Haare ziehen nur einen Teil meines Plans ausmachte.

Er hörte auf zu lächeln, als er begriff, was die Piep-Geräusche in seinem Nacken verursachte.

Bevor er reagieren konnte, hatte ich elfmal auf die gleiche Ziffer des Tastenfeldes gedrückt. Nach dem vierten und nach dem achten Mal gab es ein kurzes »Drööt« zu hören. Nach dem zwölften Mal erklang ein lautes »Plopp«.

Dimitris Griff lockerte sich, er sank zu Boden. Ich schleuderte seinen abgesprengten Kopf an den Haaren hinter mich und traf damit Lewis' Schädel. Der Ire ließ mich los und taumelte einen Meter zurück. Statt mich anzugreifen, stürzte er zu der MAC. Ich nutzte die Gelegenheit und knallte ihm erneut Dimitris Kopf an die Birne. Dimis Keks war anscheinend härter, denn Lewis ging zu Boden. Ich schlug mit meinem improvisierten Morgenstern noch ein paarmal auf ihn ein, bis ich merkte, dass der Pferdeschwanz sich von der Kopfhaut zu lösen begann.

Mr. Green, auf den Mr. Red ziemlich abgefärbt hatte, kam nicht mehr auf die Beine, dazu war er zu fertig. Aber aufgeben wollte er noch nicht. Er robbte weiter auf seine Waffe zu. Ich war schneller, nahm sie auf und warf sie ein paar Meter weiter.

Vom Gewicht her schätzte ich, dass zwei, höchstens drei Kugeln in der MAC waren, und die wollte ich nicht verschwenden. Also hob ich meine Pfanne auf und zog sie dem Iren über die Rübe. Bei den ersten paar Dutzend Schlägen gab es ein schönes, donnerndes Geräusch, nicht ganz so lang ausklingend wie der Gong eines Shinto-Tempels, und ein bisschen dissonanter, aber von ähnlicher akustischer Bedeutungsschwere. Das hätte ich nicht gedacht, dass die kleine Gusspfanne so epische Geräusche produzieren konnte.

Irgendwann mischte sich aber ein feuchter Unterton in die Harmonien, bis schließlich jeder Schlag sich anhörte, als würde man seinen Gummistiefel aus zwanzig Zentimeter tiefem Schlick ziehen.

Ich hatte die Rübe des Iren zu Mus verarbeitet. Insgesamt war ich bestimmt eine Viertelstunde beschäftigt und nach ein paar hundert Schlägen auch ganz schön erschöpft. Dafür konnte ich ihm jetzt das Halsband problemlos abstreifen. Wer weiß, vielleicht ließ sich das noch verwenden.

Die Pfanne war formstabil geblieben, offensichtlich ein Qualitätsprodukt. Der Firmenname sagte mir aber nichts, mit Essenszubereitung hatte ich noch nie was am Hut.

»Wie lange will sie noch auf ihn einschlagen?«, fragte jemand.

»Keine Ahnung. Wir bekommen schon seit fünf Minuten keinen Puls mehr«, sagte der Regisseur mit Blick auf den Monitor. »Sollen wir ihr das mal sagen?«

»Als ob sie das nicht wüsste«, antwortete der Produzent.

In den Ledersesseln neben ihm saßen sechs Männer und eine Frau, keiner von ihnen schaffte es, den Blick von dem großen Bildschirm ab zu wenden, auf dem Mrs. Pinks Pfanne wieder und wieder auf etwas niederging, was mehr und mehr die Ähnlichkeit mit einem menschlichen Kopf verlor.

Nur der Mann hinter der Bar konzentrierte sich darauf, verschiedene Früchte in einen Mixer zu stopfen, ohne dass die Asche seiner Zigarette ebenfalls in dem zukünftigen Getränk landete.

Endlich, nach einer Zeit, die den Anwesenden wie eine Ewigkeit vorkam, hörte Mrs. Pink auf. Sie zog Mr. Reds Halsband über den Brei aus Hautfetzen, Gehirnmasse und Knochensplittern. Die Lautsprecher füllten den Raum mit einem dreckigen, kratzigen Geräusch. Eine der Kameras von Mr. Greens Halsband zeigte zufällig ihr Gesicht; man konnte annehmen, dass das Knarzen ihre Version eines Kicherns darstellte.

Der Regisseur drehte sich um und fand in den Gesichtern seiner Kollegen ein breites Spektrum an Emotionen, von Begeisterung über Faszination bis Abscheu.

Die Abscheu formulierte einen Satz, der ihm selber auch schon durch den Kopf gegangen war: »Wir sollten sie ausschalten, jetzt sofort.«

Aber die anderen pöbelten den Einwurf nieder, und der Rothaarige verkniff sich die Unterstützung dieser Idee.

Als die Stimmen wieder leiser wurden, fragte jemand: »Was ist eigentlich mit Mr. Brown? Da ist doch ein Puls zu sehen … und atmen tut er auch noch.«

Mr. Brown brachte sich mit einem lauten Stöhnen wieder ins Zentrum meiner Aufmerksamkeit. Ich schlenderte zu ihm, hielt aber etwas Abstand.

»Ich würde da nicht liegen bleiben. Hier scheinen gelegentlich dicke, hässliche Vögel vom Himmel zu fallen.«

»Fuck you!«

Er machte keine Anstalten, sich aufzusetzen oder gar aufzustehen. Ich hob ein paar Steinchen auf und warf sie gegen seine Extremitäten. Keine Reaktion. Ich warf ein paar dickere Steine, gleiches Resultat.

»Merkst Du das nicht?«

»Was?«

Ich warf ein Steinchen gegen seine Wange.

»Au!«

»Das.«

»Natürlich merke ich das.«

»Wipp mal mit den Füssen. Oder wink mir mal.«

»Moment. Gleich. Ich muss nur noch … Der Russe hat mich ganz schön ran genommen … Dann noch der Sturz …«

»Ja, klar. Nur ein bisschen erschöpft. Das wird's sein.«

»Fuck!«

»Ja. Sieht schlecht aus für Dich.«

Es folgte eine längere Pause, in der ich schweigend ein paar Züge genommen hätte, wenn ich rauchen würde. Und Kippen zur Verfügung stünden. Bazooka Joe hatte lange gebraucht, um zu der offensichtlichen Schlussfolgerung zu kommen, vielleicht hatte er auch nur einen langen Anlauf nehmen müssen, sie zu formulieren: »Du wirst mich jetzt kaltmachen, oder?«

»Spricht nicht viel gegen.«

»Und ich dachte immer, eines Tages trete ich im Kugelhagel der Bullen ab. Oder irgendein Typ jagt mir von hinten eine Ladung Schrot in die Birne. Hätte nicht gedacht, dass ich von einer dünnen, weißen Schlampe fertig gemacht werde.«

»Tja, das Leben ist wie eine Schachtel Pralinen.«

Das Gewitter von heute Mittag war vergessen. Der Himmel strahlte in schönstem Baby-Blau, die wenigen Wolken leuchteten in flauschigem Orange. Einer von den sommerlichen Sonnenuntergängen, die ewig dauern und romantische Gefühle wecken.

Ich machte mich am Reißverschluss von Mr. Browns Overall zu schaffen, weil ich eine Theorie entwickelt hatte, wie er wohl zu dem Spitznamen »Bazooka Joe« gekommen war. Aber sein Ding war eher unterdurchschnittlich groß. Oder? Ich hielt meine Hand daneben. Eigentlich doch nicht so klein. Das täuschte nur, weil der Kerl so riesig war, das verfälschte die Proportionen.

»Was machst Du da?«

»Spürst Du das auch nicht?«

»Kommt mir so vor, als ob Du an meinem Schwanz rumspielst?«

»Stimmt.«

»Oh, Scheiße! Schneid ihn mir nicht ab!«

»Warum sollte ich?«

»Ich habe gesehen, was Du mit den beiden angestellt hast, wenigstens mit dem Kopf von dem Russen. Bei dem Iren habe ich die Pfanne gehört ...«

Bazooka Joe hatte die Bazooka länger nicht gereinigt, also nahm ich meine Pfanne, holte ein bisschen Meerwasser und wusch seinen Ömmes. Die Frage, ob Querschnittsgelähmte noch eine Erektion bekommen konnten, beantwortete er nicht so eindeutig, wie ich es mir gewünscht hätte. Er brauchte vielleicht noch etwas Stimulation. Ich legte einen Stein unter seinen Kopf, damit er besser beobachten konnte, wie ich das Salzwasser abschleckte. Es wurde so langsam, aber er war immer noch ziemlich flabbel-di-wabbel. Lag vielleicht daran, dass ich mit verkrustetem Schlamm und Blut bedeckt war und meine Haare sich anfühlten wie ein Bündel Haferhalme, die man aus Pferdeäpfeln gezogen hatte. Ich hatte aber keinen Bock, meine natürliche Tarnung abzuwaschen, um ihm einen lieblicheren Anblick zu bieten.

Die drei oder vier Typen, die ich erdrosselt hatte, waren mit einem ordentlichen Ständer gestorben. Wenn über das Blut in den Halsschlagadern kein Sauerstoff mehr zum Hirn transportiert wird, führt das anscheinend zu einem richtig guten Gefühl. Dimi hätte das an mir ausprobieren können. Selbst schuld. Ich wollte mir die Gelegenheit jedenfalls nicht entgehen lassen.

Fehlte nur noch ein Seil oder etwas in der Art.

Ich schnappte mir das Taschenmesser und trennte die Haut von Dimis Hinterkopf.

»Stehst du auf Fesselspielchen?«

»Nein!«

»Dann solltest du jetzt besser gehen.«

Ich wickelte den Pferdeschwanz um Mr. Browns Hals, dann drehte ich das Seil aus Haaren enger und enger. Bazooka Joes Augen wurden größer und größer. Sein Ständer auch. Ich schwang mich auf ihn.

»Tu das nicht!«, sagte er.

»Ach, komm, Du willst es doch auch!«, sagte ich.

Ich ließ mich langsam hinab gleiten. Doch, ja, er war keineswegs so klein, wie ich anfangs angenommen hatte. Er füllte mich ganz gut aus. Ein bisschen rauf. Jetzt wieder ein bisschen runter. Jetzt schneller. Joes Bazooka wurde schlaffer, ich drehte das Ventil ein klein wenig weiter zu und schon war er wieder da.

So ging das eine Weile mit wachsender Begeisterung meinerseits.

Bis er plötzlich total abbaute und raus flutschte.

Er war tot.

Ich hatte wohl etwas zu viel Spaß gehabt und nicht so genau darauf geachtet, wie stark ich die Blutzufuhr drossele.

Kacke.

In den gelb, orange und blau markierten, verloschenen Monitoren spiegelte sich der Raum im Rücken des Regisseurs. In dem Bildschirm, der vor Mr. Blues Tod die Bilder von dessen rechter Kamera übertragen hatte, konnte der Regisseur erkennen, dass die rechte Hand der athletischen Frau sich in ihrem Schritt bewegte. Die Armlehnen der Clubsessel waren zu hoch, als dass die anderen Männer im Raum das mitbekommen konnten, aber er wusste, was sie dort tat. Er bekam eine Erektion.

»Der macht es nicht mehr lange«, kommentierte jemand Mr. Browns Vitaldaten.

Nur wenig später hörten sie Mrs. Pink fluchen, sahen zu, wie sie ihren Overall ordnete, die Waffen einsammelte und sich von den drei Toten entfernte.

»Sie hat ihn vergewaltigt!«

»Ach, das war doch nur Selbstbefriedigung mit unfreiwilliger Hilfe«, sagte die Frau, deren Hände nun auf den Lehnen der Sessel ruhten.

»Red keinen Quatsch, du hast doch gesehen, was sie …«

»Hör mal zu, du Arschloch, ihr wolltet doch eine Vergewaltigung sehen, oder? Das Mädchen hat doch recht gehabt, deshalb habt ihr sie überhaupt ausgewählt! Meint ihr, ich hätte euch nicht gehört? ›Hoffentlich spaltet der Schwatte sie mit seinem Riemen, höhöhö!‹ Also beschwer dich nicht, du kleiner Wichser! Außerdem hast du doch schon deinen Spaß mit ihr gehabt … kannst froh sein, dass sie betäubt war, sonst hätte sie dir deinen verschrumpelten kleinen Schwanz …«

»Wie redest du denn mit mir, du Nutte? Ich war zu dir immer …«

»Ja, und hinter meinem Rücken hast du erzählt, dass du mir die Titten abschneiden und in die Wunden abspritzen willst! Meinst du, ich bin doof? Geh doch raus und versuch das mal mit Mrs. Pink!«

»Reg dich ab, Ina …«

»Ist doch wahr … das Mädchen würde euch alle vor dem Frühstück kaltmachen, wenn ihr euch nicht hinter euren Bleispritzen …«

»Noch ein Wort und ich schiebe dir meine Bleispritze …«

»Schluss jetzt!« Der Produzent zerschmetterte sein Glas auf dem Boden, der Saft landete auf den Schuhen der Frau und des alten Häuptlings. »Setzen!«

Die Kontrahenten gehorchten ihm, wenn auch mit deutlich zur Schau gestelltem Unmut.

Der Regisseur hatte sich von dem Streit abgewendet und starrte auf seine Bildschirme. Der Produzent hatte schon einmal jemanden aus dem inneren Kern erschossen, wegen Meuterei. Aber würde er jetzt beide Streithähne töten? Wenn nicht, für wen entschied er sich? Mit Ina hatte er gelegentlich Sex, das sollte eigentlich reichen, den Alten aus dem Rennen zu werfen. Andererseits war Ina ihnen allen mit ihrer Zickigkeit schon lange auf die Nerven gegangen.

Der Mann hinter der Theke drückte endlich den Deckel des Mixers, das Geräusch erschreckte jeden im Raum. Als er sicher war, dass die Aufmerksamkeit aller Anwesenden sich auf ihn bündelte, sog er noch einmal an seiner Zigarette und drückte sie dann im Aschenbecher aus.

»Sie ist eine perfekte Killerin, aber das hier ist ihr eigentliches Talent«, sagte er. Während er darauf wartete, dass ihn jemand fragt, zündete er sich eine neue an.

»Was? Was ist ihr Talent?«

»Sie treibt die Leute in den Wahnsinn. Jeder, der sie kennt, will sie umbringen oder bumsen. Und wenn dazu keine Gelegenheit ist, kommt in einem der Drang hoch, ich weiß nicht, wie sie das macht, ersatzweise den nächstbesten umzubringen.«

»Oder zu bumsen«, ergänzte der Regisseur, amüsiert über die antike Wortwahl. Er wagte einen Blick und ein Lächeln zu Ina, aber die war immer noch zu wütend, seine Anspielung überhaupt zu registrieren.

Der Produzent setzte sich ebenfalls wieder, erleichtert, dass der Raucher von dem internen Konflikt abgelenkt hatte. »Wir starten jetzt die zweite Runde.«

4

»Herzlichen Glückwunsch, Mrs. Pink. Du hast gewonnen.«

»Ja? Ja, stimmt, keiner mehr über. Du kannst das jetzt nicht sehen, aber mir laufen Freudentränen über die Wange. Und ich möchte mich bedanken bei meinen Eltern, bei meinem Agenten, und bei meinem Manager, und bei den Mitgliedern der Academy, und ich würde gerne mal wissen, wie viele der Preisträger den Oscar als Butt-Plug benutzt haben.«

»Sehr witzig. Aber ich fürchte, dir wird das Lachen gleich vergehen.«

»Keine zehn Millionen?«

»Nein.«

»Stattdessen werdet ihr jetzt Jagd auf mich machen.«

»Ja. Das überrascht dich nicht?«

»Nein, war mir von Anfang an klar, dass ihr nicht nur zugucken wollt. Wie sind die Bedingungen? Ich muss bis zum Morgengrauen durchhalten, und dann bin ich frei?«

»Nein.«

»Also jagt ihr mich, bis ich tot bin.«

»Ja.«

»Oder ihr.«

»Das wird nicht passieren.«

»Man wird sehen.« Das war natürlich ein Bluff. Große Fresse. Der Ritt auf der Bazooka hatte mich ein bisschen abgelenkt, aber so langsam meldeten sich die Kopfschmerzen wieder. Ein Schwindelgefühl stieg hoch, ebenso mein Mageninhalt. Ich zwang beides runter, die sollten nicht mitbekommen, wie es mir ging.

»Ich bin einverstanden, aber unter einer Bedingung: Weg mit dem Halsband.«

»Du bist nicht in der Position, Bedingungen zu stellen, du dumme Schlampe!«

Das war eine andere Stimme. Auch ein Kerl, aber er klang älter. Ich konnte mir gut vorstellen, wie er in der Zentrale meinem gewohnten Ansprechpartner das Mikro aus der Hand gerissen hatte und jetzt mit rotem Kopf da stand und auf meinen Widerspruch wartete. Eine der seltenen Gelegenheiten, bei der ich mir sicher war, dass mein Schweigen jemanden mehr ärgern würde als irgendein Kommentar.

Ich zählte langsam und still bis dreißig.

Dann drückte ich vier Mal dieselbe Zahl auf dem Tastenfeld meines explosiven Halsschmucks. Piep, Piep, Piep, Piep, die Tastentöne und Drööt, die Warnmeldung, dass ich die falsche Kombination eingegeben hatte.

»Was machst Du da?«

»Euch den Spaß verderben.«

»Das bringst Du nicht!«

»Nein?«

Piep, Piep, Piep, Piep, Drööt.

»Meine Sicht der Dinge: Ich mag Euch nicht besonders. Ich werde nicht zu eurer Belustigung beitragen. Ihr könnt euch überlegen, ob ihr mehr Spaß habt, mich zu jagen, ohne dass ich dieses Kackding trage. Oder ob ihr nur meine Leiche einsammeln wollt.«

Eine sehr lange Pause. Sie debattierten. Wenn ich mit meiner kleinen Erpressung einen Keil zwischen diese Torfnasen getrieben hatte, konnte das auch nicht schaden.

»Ok. Wir sind einverstanden. Aber du legst Deine Waffen auch ab. Vor das Halsband, damit wir sie sehen können.«

»Gut, aber die Pfanne behalte ich.«

»Von mir aus. Die Nummer ist 6429.«

»Ok. Danke. Warte, ich gehe eben ins Schlafzimmer, wo mein Kosmetikspiegel hängt.«

Es dauerte etwas, bis die Zentrale verstand, wo die Schwierigkeit lag.

»Wir schicken dir jemand. Versprich uns, dass du ihn nicht umbringst.«

»Versprochen.«

Mal sehen.

Man dirigierte mich ein paar hundert Meter durch die Gegend und befahl mir dann, zu warten.

»He, Zentrale, sollen wir unser kleines Filmzitate-Quiz fortsetzen?«

»Habe ich im Moment keinen Bock drauf.«

»Letzte Gelegenheit für dich, noch aufzuholen.«

»Trotzdem nicht.«

»Schade. Dann habe ich wohl gewonnen.«

»Sieht so aus.«

»Aber du warst ziemlich gut, 26 zu 15, normalerweise ist mein Vorsprung deutlich größer.«

Er antwortete nicht mehr.

Aber das hielt mich natürlich nicht davon ab, weiter zu reden.

Nach einer Viertelstunde unterbrach ich meinen Vortrag über die Ausgelutschtheit von verkorksten Vater-Sohn-Beziehungen im zeitgenössischen Kino, weil ich die typischen Geräusche von jemandem hörte, der versucht, sich lautlos durch das Unterholz zu bewegen. Ich überlegte kurz, diesen Jemand zu umgehen und von hinten zu überraschen, aber weil ich noch das Halsband trug, hätte man ihn warnen können. Konnte ich mir also sparen.

Ich hörte Anweisungen der Zentrale, aber nicht aus meinem Halsband. Die Stimme kam aus Richtung des Typen, der auf mich zu watschelte wie eine fußkranke Ente. Als er mich sah, erschrak er ein bisschen. Ich sah anscheinend noch verkackter aus, als ich dachte. Der Typ war recht hübsch, ungefähr mein Alter, schwarze Haare und Augen, schlank. Er trug auch eines dieser Halsbänder. Wenn die mich nicht verarschen wollten, war das eine arme Wurst, die diesen Pillemännern genauso ausgeliefert war wie ich. Aber so betrübt, wie der drein schaute, trug er das Ding nicht freiwillig. Es gab also keinen Grund, unhöflich zu sein.

»Na, Süßer, nicht so geländegängig?«

Fand er nicht lustig. Aber er sagte nichts.

»Das ist wirklich guter Service von Tiffany's, dass sie jemanden zum Umtauschen schicken. Aber ich glaube, Rubine und Diamanten machen sich bei Colliers besser als Kameras und Sprengladungen. In dem Koffer ist die neue Kollektion, nehme ich an? Sind dir ein paar Smaragde in die Socken gerutscht, dass du so unbegabt läufst?«

»Nikolas, zeig ihr deine Beine«, tönte es aus seinem Halsband.

Nikolas verzog seinen Mund und krempelte wortlos die Hosenbeine hoch. Prothesen. Nicht diese alten fleischfarbenen, sondern Stahl und Kohlefaser.

»Cool. Offensichtlich einer der ersten Prototypen von Cyberdyne Systems, was? Der T-achteinhalb, oder so? Dein Mimik-Skript ist aber besser als beim Achthunderter-Modell, wenn ich das mal sagen darf. Ob sie das rausgeschmissen haben, um Speicherplatz für die detaillierten anatomischen Kenntnisse zu schaffen?«

»Nikolas hat unseren kleinen Wettbewerb vor zwei Jahren gewonnen, allerdings um den Preis seiner Beine. Wir haben ihn leben lassen, weil er ein begabter Techniker ist und wir ihn gelegentlich brauchen.«

»Und weil es keinen Spaß macht, einen zu jagen, der nicht rennen kann.«

»Das auch.«

»Warum sagt er mir das nicht selber?«

Wieder meldete sich der ältere Kerl: »Niko, sag mal ›Aah!‹« Er schickte noch einen kurzen, dreckigen Lacher durch den Lautsprecher.

Nikolas öffnete widerwillig den Mund. Seine Zunge fehlte.

»Der Junge hatte eine Neigung zum Sarkasmus, die mir irgendwann auf die Eier gegangen ist.«

»Man muss Nikolas bewundern, dass er so kleine Ziele überhaupt treffen konnte.«

Mein Gegenüber grinste traurig, mein Gesprächspartner brauchte einen Moment.

»Warte ab, du Nutte, wenn ich dich gefunden habe, zeige ich dir noch mal, zu was meine Eier fähig sind! Und wenn ich von deinem Schreien genug habe, schneide ich dir auch die Zunge raus! Du wirst noch den Tag verfluchen, an dem du geboren wurdest!«

›Noch mal‹? Hatte er mir wohl heute Morgen den Schritt verkleistert. Der zornige alte Mann wetterte noch weiter, aber ich gähnte demonstrativ mit weit geöffnetem Mund und wedelnder Zunge vor Nikos Front-Kamera und sagte dann: »Können wir jetzt bitte zum Geschäftlichen kommen?«

Eine kleine Pause. Man komplimentierte den Wüterich anscheinend vom Mikro fort, denn es meldete sich wieder die gewohnte Stimme: »Pack deine Waffen in Nikos Koffer. Wenn der einmal geschlossen ist, kannst du ihn nur noch mit einer thermischen Lanze knacken.«

Ich könnte natürlich den Koffer selber als Keule einsetzen, aber den hatte man mit einer Handschelle an Niko gekettet und Niko war mir nicht unsympathisch. Und ihm fehlten schon genug Extremitäten.

»Die Pfanne behalte ich aber, wie vereinbart.«

»Meine Güte, ja, scheiß auf die Pfanne …«

Ich trennte mich wie befohlen von der MAC, dem Taschenmesser und Mr. Green explosivem Halsschmuck. Hätte ich mir die ganze Birnenmatscherei sparen können.

»Nikolas, mach ihr jetzt das Halsband ab. Die Nummer ist 6429. Vertipp dich nicht, du hast nur einen Versuch.«

Niko schaute mir in die Augen, zögerte einen Moment, und hob dann seine Hand. Ich hatte einen jener seltenen, irritierenden Momente, in denen ich intuitiv wusste, was ein anderer Mensch fühlt. Vielleicht, weil seine Traurigkeit so stark strahlte, dass sie sogar die meine verkalkte Birne durchdrang. Ich griff nach seinem Handgelenk und lächelte ihn an.

»Ich kann mir denken, was du vorhast. Der Jungfrau ein schlimmeres Schicksal ersparen. Sehr edel. Aber als ich auf die Welt gekommen bin, habe ich geschrien, um mich getreten und war bedeckt mit dem Blut eines anderen Menschen. Genauso soll mein Abgang auch aussehen. Und nicht: Geköpft von einer barmherzigen Seele. Also drück die richtige Zahl. Bitte.«

Niko überlegte kurz, dann nickte er. Ich ließ seine Hand los, er fummelte an meinem Halsband.

Piep, Piep, Piep, Piep.

Klack.

Er hatte das Kackding in der Hand. Mir wurde schlagartig klar, wie sehr es die ganze Zeit gejuckt hatte und wie schön es war, sich dort wieder kratzen zu können.

»Sag mal ... Ein Schwanz bis zum Boden und kein Widerspruch zu befürchten? Klingt für mich wie der ideale Ehemann! Du darfst gerne bei Papa um meine Hand anhalten. Andererseits kannst du mir keine Komplimente über meinen entzückenden Hintern machen. Und der Oralsex wäre wahrscheinlich auch recht einseitig. Hmm. Trotzdem: Ich würde dir gerne mal meine Filmsammlung zeigen. Da sind auch ein paar Filme für Erwachsene bei, die ich gelegentlich äußerst inspirierend finde, wenn du verstehst, was ...«

»Ok, das reicht jetzt. Nikolas, Rückmarsch. Mrs. Pink, wir sehen, wenn du ihm folgst.«

»Ja, schon klar, Mama.« Ich rollte die Augen und konnte Niko noch ein kleines Grinsen abringen. Er wollte sich auf den Weg machen, aber ich hielt ihn zurück. »Hör mal, Zuckerschwänzchen: Wenn es hinterher laut wird in der Zentrale, versteck dich in deinem Zimmer und leg dich auf den Boden. Kann sein, dass ich später ein bisschen apokalyptisch drauf bin.«

Ich schickte ihn mit einem Klaps auf den Po fort und sah ihm noch einen Moment hinterher. Jetzt, wo ich wusste, dass er künstliche Beine hatte, fehlte mir die Abwesenheit von technischen Geräuschen. Im Film hätte man seinen Gang noch mit einem hydraulischen »Wwwt-Zisch« oder einem mechanischen »Qietschi-Quietschi« unterlegt.

Als Niko außer Sichtweite war, machte ich mich auf den Weg. Wahrscheinlich wollten die mich jetzt mit Bluthunden, oder indianischen Fährtenlesern, oder welcher Blödsinn denen auch immer eingefallen war, quer über die ganze Insel treiben. Natürlich waren meine Aussichten eher trüb. Zwar waren meine Jäger keine Profikiller. Aber dafür bestimmt besser ausgerüstet, mit Heimvorteil und in besserer Kondition. Ich war ja schon etwas lädiert durch die Balgerei mit Blue und Dimi. Außerdem hatte ich keine Ahnung, mit wie vielen ich es überhaupt zu tun hatte. Konnte ja sein, dass die zu Dutzenden hinter mir her waren. Und völlig unsportlich mit einer elektrischen Mini-Kanone und 3000 Schuss pro Minute den ganzen Wald fällen, oder sowas. Da würde ich dann mit der Pfanne ziemlich alt aussehen.

Ich hatte echt keine Lust mehr.

Aber das konnte auch das Symptom einer Gehirnerschütterung sein. Kopfschmerzen, Schwindelgefühle, Übelkeit, und jetzt noch Apathie. Kam hin.

Aufrecht hielt mich nur der ziemlich starke Wunsch, meinen Gastgebern unmissverständlich klar zu machen, dass sie besser jemand anders zu ihrer kleinen Party eingeladen hätten.

Dazu musste ich ein bisschen entgegenkommend sein. Die rechneten hoffentlich damit, dass ich mich irgendwo verstecken oder ein paar Fallen vorbereiten würde. Also machte ich mich auf den Weg dorthin, wo ich die Zentrale vermutete. Ich und die Pfanne, wir würden dem Leuchtturm das Licht ausblasen. Und jedem, der uns begegnete.

Guido Westfall hielt seine drei Begleiter in einigem Abstand hinter den Söldnern, die den Wald durchkämmten. Das Trio gehörte nicht zum inneren Kern der Veranstalter. Sie hatten sehr viel Geld bezahlen müssen, um an dieser speziellen Jagd teilnehmen zu dürfen und erwarteten von ihm, dass er sie an der Hand nahm und zum Wild führte. Westfall hielt sie für degenerierte Idioten, aber ihr Geld wurde gebraucht, um die Veranstaltung zu finanzieren.

Alle drei hatten hier schon gejagt, aber nur Stadtstreicher oder Prostituierte, deren Erlegen keine große Herausforderung darstellte. Irgendwie hatten sie heraus gefunden, dass bei den Jagden des inneren Kerns das Wild vorher einen Selektionsprozess durchlief. Alle drei hatten mit der Kündigung des Abonnements gedroht, wenn man sie nicht an diesen Jagden teilnehmen ließe.

Der Rädelsführer dieser Kundenrevolte war Nigel Bold, der soundsovielte Earl of Dingsbums, Westfall hatte kein Interesse daran, sich die Einzelheiten zu merken. Für tiefe Antipathie hatte ihm gereicht, dass der rotwangige junge Mann mit den gegelten Haaren und den ledernen Ellenbogenschonern auf seiner Tweedjacke mit »Eure Lordschaft« angeredet werden wollte. Als wäre das nicht genug, belästigte er seine Mitmenschen auch noch mit seiner Pfeife, in die er eine Tabakmischung stopfte, deren Hauptbestandteile Schwefel und Ammoniak zu sein schienen. Er trug eine sehr teure, maßgefertigte doppelläufige Schrotflinte lässig über der Schulter, wie ein Bauer seine Heugabel.

Bold bekam die meiste Unterstützung von Tarun Singh, Besitzer Dutzender Großnähereien und Rupienmilliardär. Westfall wusste, dass Singhs Palst in Neu-Delhi es mit denen der alten Maharadschas aufnehmen konnte, trotzdem benahm der Mann sich, als wäre er lieber der Lakai Seiner Lordschaft. Zur weiteren Arschkriecherei hatte auch er eine Schrotflinte geschultert, nicht ganz so teuer, weil er seinen Sahib nicht überstrahlen mochte.

Ebenfalls aus einer ehemaligen englischen Kolonie stammte Sam Eisley. Seine Düngemittelfabriken in Utah warfen mehrere Millionen Dollar jährlich ab, wenn sie nicht wegen vernachlässigter Sicherheitsstandards explodierten. Weil er meistens schwieg und mit der Wahl eines FN FS2000 einen gewissen Pragmatismus bewiesen hatte, fand Westfall ihn trotz des Cowboyhutes am wenigsten unsympathisch. Auch wenn das FN aussah wie ein Plastik-Spielzeug, wie das Lasergewehr eines Sechsjährigen.

Aber natürlich würde er selbst den Amerikaner nicht zum Schuss kommen lassen. Die kleine Nutte gehörte dem inneren Kern.

Und in seiner Tasche steckte die Ausrüstung, sie auch in der einsetzenden Dunkelheit aufzuspüren.

Es dauerte nicht lange, da sah ich den ersten meiner Gegner: Irgendein Arsch in Tarnklamotten, der fünfzig Meter entfernt durchs Unterholz schlich, seine AR-15 in alle möglichen Richtungen schwenkte und versuchte, in der Dämmerung Schatten zu erkennen, die nicht in die Gegend passten. Für das Nachtsichtgerät, mit einem Kopfgurt auf seiner Stirn fixiert, war es noch ein bisschen zu hell. Am Gürtel trug er eine Pistole und ein langes Messer. Ein paar Dutzend Meter rechts von ihm bemerkte ich eine ähnliche Gestalt. Treiber. Ein gutes Stück hinter den beiden folgte eine kleine Gruppe Leute in dunkelgrüner Kleidung. Die sondierten weniger aufmerksam die Umgebung, konzentrierten sich auf ein Gerät, das einer von ihnen vor sich hertrug. Jäger.

Üblicherweise stehen die Jäger faul an einem Ende des Waldes und warten bei einem Schnaps darauf, dass die Treiber ihnen das Wild vor die Flinte scheuchen. Diese Jagdgesellschaft hier baute anscheinend darauf, dass die Treiber am Wild vorbei kamen.

Ich suchte mir eine geeignete Stelle, dann wimmerte ich. Gerade so laut, dass Treiber Nummer Eins mich hören konnte. Er nahm die Witterung auf und bewegte sich auf mich zu. Ich stellte mich hinter einen breiten Baum und wartete ab, bis er auf ungefähr zwei Meter herangekommen war. Dann schnippte ich mit dem Daumen eine Eichel fort. In dem Moment, als sie mit leisem Rascheln landete, verließ ich meine Deckung. Der Treiber zielte noch auf den Landeplatz der Eichel. Bevor er seine AR wieder in eine sinnvolle Richtung drehen konnte, war ich bei ihm und drückte den Lauf des Sturm-gewehrs zu Boden. Die Pfanne brach sein Handge-lenk mit dem ersten Hieb, er schrie auf, einen Schuss brachte er auch noch zustande. Gut. Er ließ die AR los und tastete mit der Linken nach seiner Pistole, aber da hatte ich ihm schon das Messer aus dem Gürtel gezogen und in den Hals gesteckt.

Er röchelte noch und sank zusammen. Ich musste ihn dabei noch ein bisschen drehen und wenden, dann fiel er in den Laubhaufen, so, wie ich mir das vorgestellt hatte.

Guido Westfall hörte den Schrei, den Schuss und, ganz leise, das Röcheln. Das war nicht Mrs. Pink, die da geschrien hatte. Aber das musste nichts heißen. Seine drei Begleiter sahen ihn fragend an.

»Ich muss schon sagen, das ging schneller als erwartet, nicht wahr?«, stellte Seine Lordschaft fest, während er die Flinte von der Schulter nahm.

Westfall ignorierte ihn und signalisierte dem Söldner, nach seinem Kameraden zu schauen. Keine dreißig Sekunden später winkte der Mann der kleinen Gruppe zu und bedeutete ihnen, näher zu kommen.

Die vier Männer waren erfahren genug, nicht einfach los zu trampeln. Sie sicherten in alle Rich-tungen und achteten darauf, ob neben ihnen ein Schatten durch den Wald huschte, der ihnen in den Rücken fallen wollte. Sie alle hatten Kowalskis Vorgehen in der Zentrale verfolgt. Natürlich hatte die Frau Glück gehabt. Aber sie hatte die Gelegen-heiten, die sich ihr boten, eiskalt und mit maximaler Brutalität genutzt. Jeder der Männer war sich ihrer

Gefährlichkeit bewusst. Aber das Risiko steigerte den Genuss, ihr letzten Endes den Fangschuss zu geben.

Endlich erreichten sie den Söldner. Er stand neben der Leiche seines Kameraden, dem noch das Messer im Hals steckte.

»Sie hat nur die Pistole mitgenommen. Finde ich merkwürdig. Ich hätte Gewehr und Messer nicht hier gelassen.«

»Vielleicht steckt das Messer zu fest, und sie hat dann keine Zeit mehr gehabt?«, mutmaßte Singh.

»Kann uns egal sein. Umso besser. So müssen wir nur einen Radius von zwanzig oder dreißig Metern sichern. Wenn sie das Gewehr hätte, könnte sie uns auf hundert oder zweihundert Meter erledigen«, sagte Westfall.

Der Söldner verzog den Mund. »Ich sag mal so: Die ist mit Ramanns Glock bis hundert Meter gefährlich.«

»Ja. Stimmt. Danke für den Hinweis, Gunnar. Ok, wir passen auf. Aber wo ist sie hin?«

»Ich weiß es nicht. Hier sind keine Spuren, Herr Westfall.«

»Wie, keine Spuren? Die kann doch nicht davon geflogen sein!«

»Guido, der Scanner ...«, erinnerte Eisley den Anführer der Gruppe.

»Richtig ...« Westfall aktivierte das Gerät und starrte auf den Bildschirm. Die Infrarotkamera auf der Rückseite registrierte die unterschiedlichen Temperaturen innerhalb ihres Blickwinkels und bildete in Rot- und Gelbtönen die Umrisse der Jagdgesellschaft vor dem dunklen Grün und Blau des Waldes ab. »Gunnar, aus dem Weg.« Aber zu sehen gab es nur die immer noch erstaunlich intensive

Wärmesignatur des toten Söldners, Ramann. Selbst, wenn die Schlampe schon weiter entfernt war, hätte die Software in dem Gerät auf einen Schimmer hingewiesen. Und so schnell und lautlos konnte sie sich nicht durch den Wald bewegen, dass sie schon außer Reichweite wäre.

Etwas knallte sehr laut, ganz in der Nähe.

Aus Gunnars Stirn, kurz unter dem Haaransatz, spritzten ein paar Milliliter Blut und Gehirnmasse, landeten auf dem Display des Infrarot-Scanners.

Westfall starrte auf den roten Schleier, der sich auf dem Bildschirm breit machte. Das Bild dahinter war nicht weniger befremdlich: Dem toten Ramann war ein dritter Arm gewachsen, aus dessen Spitze weiße Lanzen blitzten, begleitet von weiteren Knallgeräuschen.

Aus dem Augenwinkel sah er Eisleys Hut zu Boden fallen, während der Mann selbst eine Salve aus seiner FN ins Erdreich jagte. Singh klappte zusammen und sagte noch etwas, aber das Donnern von Bolds Flinte übertönte die Worte. Auf Bolds Gesicht erschienen wie aus dem Nichts mehrere dunkelrote Flecken, dann ging auch er zu Boden.

Westfall dachte erst, Bold hätte ihm im Fallen den Flintenschaft in die Rippen gestoßen. Aber das hätte doch nicht so geblutet.

Ihm wurde schwindelig. Er ließ den Scanner fallen. Es ging ihm nicht gut. Er musste sich setzen.

Ich rollte den Treiber mit einiger Mühe von mir runter. Der Pfeifenraucher hatte seine Schrotladung in meine tote Deckung entleert, bevor ich ihn vor einem langsamen Tod durch Zungen- oder Kehlkopfkrebs rettete. Aber ein paar der Kügelchen hatten meinen Arm für das interessantere Ziel gehalten. Ich zählte sieben Löcher in meinem Ärmel, bevor ich ihn hochkrempelte, sechs davon bildeten sich auf meiner Haut ab. Ich befühlte den Arm vorsichtig. Zwei der Bleitropfen würde ich mir ohne großes Palaver heraus schneiden können, die restlichen vier musste ein Profi entfernen. Bis dahin konnte ich den Arm mehr oder weniger abschreiben, ich merkte schon, wie langsam ein taubes Gefühl von den Fingern aus nach oben wanderte. Ich hatte Blutgeschmack im Mund und zwei feste Fremdkörper. Ich spuckte sie in meine Hand. Eine weitere Schrotkugel und ein Stück Schneidezahn. Kacke. Alle Verwünschungen, die ich von jetzt an los ließ, würden mit Pfeifen und Zischen unterlegt sein. Ok, dann eben mehr ballern und weniger quatschen. Schwierig.

Einer von den Blödmännern lebte noch ein bisschen. Er hockte auf dem Waldboden und versuchte, die Löcher in seiner Brust mit den Fingern zu stopfen. Seine Knarre lag neben ihm, ich trat sie beiseite. Während ich die Toten durchsuchte, machte ich etwas Konversation.

»Sag mal, du Popanz, du kommst mir irgendwie bekannt vor ... bist Du nicht der Guido von ›Guido's Grillwürstchen‹? Weißt Du, dass ich schon zwei Mordaufträge für dich abgelehnt habe?«

Eigentlich war er so gut wie tot, aber in seinem Gesicht las ich Trotz, der ihm einen letzten Schub gab. Erlebe ich oft. Komisch. Als wenn die Leute mir noch was beweisen müssten. Während der Grillkönig noch an einer Antwort arbeitete, fand ich bei dem Tweedjacken-Heini einen Flachmann. Das Zeug darin roch hochprozentig. Aus der gleichen Kollektion und mit dem gleichen Monogramm versehen: Ein Feuerzeug von der Sorte, mit dem man sich gegenüber Frauen, die ihre Zigaretten durch eine meterlange Spitze rauchen wollten, als Gentleman ausweisen konnte.

»Ach ja? Ich habe viele Feinde. Bleibt nicht aus, wenn man Erfolg hat. Wer war das denn?«

»Einmal die ›Vereinigung wider den Deppen-apostrophen‹ und einmal meine Geschmacksnerven. Mann, deine Würstchen schmecken echt kacke! Lässt Du bei Tricatel Sägespäne und Schweinekotze in Kondome pressen? Und haben deine Leute die Anweisung, dass mindestens siebzig Prozent der Oberfläche verkohlt sein muss, bevor die sogenannte Wurst vom Grill runter darf?«

Guido begann eine gestöhnte Tirade wenig origineller Beleidigungen, an der ich schnell das Interesse verlor. Seine Stimme identifizierte ich als diejenige, die mich schon über den Halsband-Lautsprecher beschimpft hatte. Wir hatten da noch eine Rechnung offen, bezüglich einer unerwünschten Lieferung Körperflüssigkeit.

Mir fiel ein, dass vor drei Jahren ein kleiner Charter-Jet verschwunden war, an Bord die zwanzig erfolgreichsten Würstchenköhler, denen ihr Chef eine Reise auf die Kanaren als Bonus spendiert hatte. Man fand damals nur ein paar Wrackteile und zwei Leichen.

Ich unterbrach das Oberwürstchen und erläuterte ihm meine Theorie, was mit seinen Meistergrillern wirklich passiert war.

»Die meisten davon habe ich selber erwischt«, sagte er. »Du hättest sie sehen sollen: ›Aber Chef, das können sie doch nicht machen!‹ Jammerndes Pack! Nicht einer davon ist gestorben wie ein Mann!«

»Aha. Ok, du kannst gleich vorbildlich sterben. Ich werde dann dein Vermögen unter den Hinterbliebenen verteilen. Ja, das stinkt dir. Deshalb ja.«

Er lachte seine dreckige Lache, aber weil sie mit Blubbergeräuschen und Blutspuckerei unterlegt war, klang sie eher matschig.

»Du denkst immer noch, du könntest überleben, was? Es sind noch andere Teams unterwegs. Und die müssen nicht auch noch Babysitter für solche Versager wie die hier spielen ...«

Also gehörten die drei toten Jäger gar nicht richtig dazu? Konnte mir aber eigentlich egal sein.

»Und selbst, wenn du alle Teams erledigen solltest: Der Produzent ist in Sicherheit. Er kann dich einfach hier draußen verhungern lassen.«

»In Sicherheit? Vor mir? Da müsste er schon auf einer Mondstation sitzen. Aber nicht unter einem verkackten Leuchtturm.«

»Da kommst du nie rein. Der sieht nicht danach aus, aber das ist eine Festung! Sechs Meter hohe Zäune, mit Hochspannung gesichert! Und das ist erst der erste Ring!«

»Ach ja, man kann nicht einfach nach Mordor spazieren, stimmt. Genau das ist aber mein Plan, stell dir vor.«

»Du kommst nie rein. Alles mit Biometrie-Scannern gesichert!«

Für den Alten war das wahrscheinlich der letzte Hit. Seine Stimme klang nach erhobenem

Zeigefinger, als ob nur besonders schlaue Menschen wissen konnten, was das war. Dass mittlerweile schon Telefone mit Fingerabdrücken entriegelt wurden, war ihm offenbar entgangen. Aber schön, dass er mir so haarklein erklärte, warum ich keine Chance hatte.

»Aha. Ui. Ich bin total beeindruckt. Schnarch. Was wird denn gescannt? Fingerabdrücke? Netzhaut?«

»Die Netzhaut. Nur die Mitglieder des inneren Kerns sind registriert. Ohne mich kommst du niemals rein!«

»Dann hast du wohl teilweise recht, ich brauche dich. Nein, Moment, da stand ein Wort an der falschen Stelle. Ich wollte sagen: Dann hast du wohl recht, ich brauche dich teilweise.«

Genug geplaudert. Ich durchsuchte ihn und fand ein Telefon. Dann zog ich dem toten Treiber das Messer aus dem Hals.

Das Telefon klingelte, der Rothaarige nahm ab.

»Ja?«

»Schön, dich wieder zu hören, Schatz. Ich hab hier noch ein bisschen zu tun, aber ich komme gleich nach Hause.«

»Mrs. Pink?«

»Schnellmerker. Mittlerweile aber eher Mrs. Dirt'n'Blood, nebenbei gesagt. Was übrigens ein guter Name für meine hypothetische Death-Metal-Band wäre, über die wir schon mal gesprochen haben, falls du dich erinnerst.«

»Das ist das Telefon von …«

»Ja, der Wurstzipfel war so freundlich, mir das zu überlassen.«

»Lebt er noch?«

»Ich bin nicht hundertprozentig sicher, um ehrlich zu sein. Willst du selber mal gucken? Moment ... Kack-Android, das geht bei Pillows-Telefonen echt einfacher ... ah, hier! Siehst du mich?«

Der Rothaarige drückte eine Taste. Auf einem der Monitore erschien das Bild der winkenden Kowalski, schwach beleuchtet von der Leuchtdiode neben der Kamera.

»Ja, ich sehe dich. Was ist jetzt mit Guido?«

»Ah, ja, der. Hier. Ein bisschen bewegt er sich noch. Hallo, Herr Westfall! Telefon!«

In der Zentrale drang ein feuchtes Röcheln aus dem Lautsprecher. Guido lag auf dem Bauch und zitterte am ganzen Körper. Er rührte mit seinen Händen planlos durch das Laub, als wolle er schwimmend entkommen. Selbst in dem verrauschten, unterbelichteten Bild der Handykamera konnte man deutlich die dunklen Blutlachen unter seinem Körper und unter seinem Kopf erkennen. Der Rothaarige hörte hinter sich, wie der Produzent Luft zwischen den Zähnen hindurch stieß.

»Mach ihr ein Angebot. Guido ist ein Idiot, aber das hat er nicht verdient.«

Der Rothaarige gönnte sich eine Sekunde der Konzentration, bevor er dem Produzenten gehorchte. »Kowalski, freies Geleit, wenn du ihn leben lässt!«

»Hmm, sehr verlockend. Lass mich überlegen. Einerseits traue ich euch kein bisschen, andererseits traue ich euch kein bisschen. Und was auch dagegen spricht: Ich bin nicht ganz sicher, ob ich euch trauen kann. Ich meine, der gute Guido hier hat mir indirekt zu verstehen gegeben, dass ihr gelegentlich Gäste einladet. Bestimmt für ordentlich Kohle. Wäre doch kacke, wenn ich lebend von der Insel komme und euch das Geschäft versaue.«

»Wir gehen davon aus, dass du schweigst.«

»Wo ich ja auch so begabt darin bin, meine Klappe zu halten. Da würde ich an eurer Stelle wiederum mir nicht trauen. Ein weiterer Grund, warum ich eurem Angebot nicht traue. Aber ich will euch in Bezug auf meine Entscheidung nicht länger im Dunkeln tappen lassen …«

Das Bild wechselte vom Hoch- zum Querformat, der Rothaarige kippte den Kopf nach links, bis ihm einfiel, dass er die Darstellung auf dem Monitor rotieren konnte. Kowalski hatte Guidos Telefon so auf dem Boden abgelegt, dass der zitternde, alte Mann in ganzer Länge den Ausschnitt füllte. Die Frau war nur noch schemenhaft zu erkennen. Sie machte ein paar Auf- und Ab-Bewegungen mit ihrem linken Arm, dann ließ sie etwas fallen. Sie bückte sich, ein heller Fleck erschien in ihrer Hand.

Hinter sich hörte der Rothaarige ein geflüstertes »Oh, mein Gott!«, dann schossen die Flammen hoch.

Guido Westfall schrie eine halbe Minute lang mit all der Kraft, die ihm noch zur Verfügung stand. Dann brach er ab. Das Bild verwischte, Kowalskis Gesicht tauchte wieder auf, von den Flammen beleuchtet.

»Ich könnte jetzt natürlich einen schlaffen Spruch bringen, irgendwas mit ›Würstchen grillen‹. Aber man hat ja doch einen gewissen Anspruch. Bis später dann.«

Sie legte das Telefon wieder in Position. Bevor sie hinter der brennenden Leiche verschwand, hörte man in der Zentrale noch einmal Kowalskis Stimme, dieses Mal eine Oktave höher als gewohnt und in kaputtem Sing-Sang:

»Warriors, come out to play-ay!«

Mit ein bisschen Glück hatten die bei meiner kleinen Show nicht bemerkt, dass ich den rechten Arm kaum noch benutzen konnte. Ich konnte nur hoffen, dass ich die Knalltüten ordentlich eingeschüchtert hatte. Leute, die es gewohnt sind, immer nur auszuteilen, bauen schnell ab, wenn sie mal einstecken müssen.

Zeit für einen Zwischenbericht.

Positiv: Ich war wieder ordentlich ausgerüstet. Ich trug den Gürtel des Treibers, den ich zuerst erwischt hatte, mitsamt seinem Messer und der Glock, für die er lobenswerterweise noch zwei Magazine eingesteckt hatte.

Bei den Sturmgewehren hatte ich etwas länger überlegt, ob ich eines der AR-15 oder das FS2000 mitnehmen sollte. Bei Bullpup-Konstruktionen wie dem FN wandert der größte Teil der Mechanik, und somit des Gewichts, hinter den Abzug. Ich konnte es also besser mit links benutzen, weil ich mit der Rechten nur stabilisieren, nicht stützen musste. Beim FN klappte das, weil die leeren Hülsen nach vorne ausgeschoben wurden. Andere Bullpups werfen nach rechts aus, das ist kacke. Bei einem links angelegten Steyr AUG zum Beispiel muss ich immer aufpassen, dass ich die Hülsen nicht vor die Nase geschnippt bekomme. Nicht gerade konzentrationsfördernd.

Außerdem hatte ich lange kein FS2000 mehr benutzt, war mal ein bisschen Abwechslung. Die Magazine der ARs waren kompatibel nach STANAG 4179, also konnte ich noch viermal dreißig Schuss einstecken.

Die Schrotflinte des Pfeifenrauchers trug ich auf dem Rücken. Nicht, dass ich glaubte, die würde zum Einsatz kommen, aber irgendwie brachte ich es nicht übers Herz, sie liegen zu lassen.

Im Moment sorgte der Mond noch für ausreichend Licht, und das Blinken des Leuchtturms markierte deutlich mein Ziel, aber das Nachtsichtgerät fand ich bei mir ebenfalls besser aufgehoben als bei den Toten.

Negativ: Das ganze Zeug wog rund zwanzig Kilo. Mein rechter Arm war fast hinüber, ich hatte wirklich fiese Kopfschmerzen, Mords-Hunger trotz Kotz-Reiz, insgesamt ein generelles Sich-Kacke-Fühlen zum Quadrat. Bis zu meinem Ziel hatte ich noch mindestens drei Kilometer Luftlinie vor mir. Außerdem wusste ich nicht, wie viele Leute noch hinter mir her waren. Anfangs hatte ich gedacht, dass es insgesamt fünf oder sechs wären, aber die ganze Organisation hier war doch ein paar Nummern größer. Die hatten bestimmt noch ein paar Söldner mehr als nur die beiden Treiber, die mir schon begegnet waren.

Die Flammen waren erloschen, der Bildschirm glänzte wieder so schwarz wie die Monitore, die die Aufnahmen der Halsbandkameras gezeigt hatten.

»Sag jetzt nicht, du hast es gewusst!«, zischte der Produzent.

»Nein …« Der Regisseur starrte auf sein Kontrollpult. All die Tasten, Knöpfe und Regler vermochten ihm keine Antwort zu geben. »Was machen wir jetzt?«

»Ruf alle rein. Wir haben genug Personal, das sich mit ihr beschäftigen soll. Ich will nicht noch mehr vom inneren Kern verlieren. Sonst können wir in Zukunft die Finanzierung vergessen!«

Der Rothaarige griff zu seinem Telefon und schickte eine SMS an seine Freunde. Nach und nach riefen alle an und bestätigten ihre Rückkehr. Nur die athletische Frau ließ noch auf sich warten. Der Rothaarige wählte ihre Nummer.

»Ina, hast du meine SMS gelesen?«

»Ja. Ich komme nicht rein. Ich will das Mädchen.«

»Sie hat gerade Nigel, Tarun, Sam und zwei der Söldner erledigt und zum Schluss Guido getötet. Sie hat ihn verbrannt! Ina … mach keinen Scheiß! Die ist jetzt bewaffnet!«

»Ich bleibe draußen. Bis später.«

Sie trennte die Verbindung.

»Ina kommt nicht rein.«

»Selbst schuld. Vielleicht hat sie Glück, und einer aus der Truppe erledigt Pink.«

»Da würde ich mich nicht drauf verlassen«, sagte der Mann neben dem Produzenten.

»Nein. Zum Glück haben wir ja noch dich. Wenn's geht, hol sie lebendig rein … Was denn? Sollte für dich doch kein Problem sein …«

Der Mann musterte gedankenverloren die Glut seiner Zigarette, dann inhalierte er tief und atmete den Rauch wieder aus. »Auch darauf solltet ihr euch besser nicht verlassen.«

Wo hatten die ihre Truppen her? Gab es jetzt irgendwelche Supermärkte, die Restbestände an abgelaufenen Söldnern im Dutzend billiger verschleuderten?

Das war alles so einfach, dass ich mich schon fragte, ob man mich in Sicherheit wiegen wollte, bis der ultimative Bad Ass endlich kampfbereit war. Oder sollte ich mich zu Tode langweilen?

Der Weg zum Leuchtturm dauerte dennoch gute zwei Stunden. Ich bewegte mich auf einer Zickzack-linie, um ein möglichst großes Areal von Gegnern zu säubern. Auch wenn die sich schon beinahe empörend inkompetent anstellten, ich wollte nicht riskieren, dass mir einer in den Rücken fiel.

Der letzte, aus dem ich mein Messer zog, war ein dicker Mitt-Fünfziger, der eine Südstaatenflagge auf seiner Tarnjacke trug. Wahrscheinlich hieß er Jim-Bob, seine Eltern waren Geschwister und er hielt sich für einen harten Kerl, weil er ein Abo von Soldiers of Fortune bezog. An seine AR-15 hatte er alle Zubehörteile geschraubt, die irgendwie dran passten, sogar einen Laser. Ich konnte nicht widerstehen und hielt ihm einen kleinen Vortrag über die Nutzlosigkeit dieser vermeintlichen Zielhilfe, während er starb.

»Sind alle drin?«

»Ja, bis auf Ina. Die steht vor dem Tor. Guck hier, Kamera drei.«

Die schemenhafte Gestalt auf dem Bildschirm führte ihre rechte Hand zum Ohr, das Telefon des Regisseurs klingelte.

»Hi … bist du sicher? … Willst du nicht doch lieber … ja … gut, musst du wissen. Viel Erfolg.«

Er wandte sich um und sprach den Produzenten an: »Ina will mehr Licht.«

»Ok, warum nicht.«

Der Rothaarige drückte ein paar Schalter, das Bild auf den Monitoren wurde heller.

»Das ganze Areal ist jetzt beleuchtet. Wir sehen sie dann kommen.«

Eine halbe Stunde später entdeckte der Produzent einen Schatten am Rande der Lichtung. Der dunkle Fleck bewegte sich eine Weile an der Grenze der Lichtkegel entlang, dann marschierte Kowalski auf das Tor zu.

»Was reden die da?«

»Wir haben keinen Ton an den Außenkam– oh, verdammt. Ina …«

»Scheiße. Aber das war auch dumm … Was macht sie jetzt?«

»Kramt in der Tasche, würde ich sagen … fuck, die ist drin!

»Ja, aber da ist noch einer von den Männern … Laber nicht, mach sie alle, du Idiot! Schieß! Schieß doch! Ah, Scheiße.«

»Ja … aber sag mal, so gut geht's der auch nicht, oder?«

»Nein, du hast recht … und da kommt unsere Geheimwaffe! Ja, nimm die Knarre … Fangschuss! Los jetzt! Du Arschloch, warum machst Du sie nicht einfach alle?«

»Du hast gesagt, er soll sie lebendig ... Fuck, was war das denn?«

»Ich weiß nicht, aber er kann immer noch ... jetzt aber! Genau, das Messer! Scheiße! Roll runter! Genau! Und jetzt ... ah, Scheiße ...«

»Ich mach dicht!«

»Ja ... ja, tu das. Deine ganze elektronische Scheiße taugt nichts. Schalt das alles ab.«

»He, hör mal, also ...«

»Komm, egal. Ist die Tür verriegelt?«

»Ja.«

»Sicher?«

»Ja, hier, Kamera zwölf von meiner ganzen elektronischen Scheiße.«

»Schon gut. Ja, ist zu. Ok, mach draußen ... Moment, was macht sie jetzt?«

»Sie schießt auf die Kameras.«

»Ok, mach das Licht draußen wieder aus. Sie kommt nicht rein, wir können nicht raus. Wir hungern sie einfach aus.«

Die Tussi, die vor dem Zaun um den Leuchtturm stand, kam mir bekannt vor. Sie machte keine Anstalten, irgendwas auf mich anzulegen, weit und breit war niemand sonst zu sehen oder hören, also schaute ich sie mir aus größerer Nähe an. Ach ja, Ina Henkel, Sängerin und Fitness-Ikone. Sie hatte ein paar Nummer-Eins-Hits mit den Power-Pop-Songs zu ihren Gymnastikvideos gelandet. Ihre spezielle, natürlich total revolutionäre Art von Training mischte ein paar Copeira-Moves unter das Programm, das schon bei Turnvater Jahn abgespult wurde. Die Lieder handelten davon, dass auch pickelige Moppel-Mädchen ihren Traumprinzen finden konnten, wenn sie nur genug Willenskraft aufbringen ... in Klammern: und abspecken, und Kosmetik kaufen, und vielleicht auch noch die Titten vergrößern lassen.

»Deine Songs sind kacke und deine Videos langweilig. Und du siehst aus, als ob du bei Mattel vom Fließband gefallen wärst. Bist du überhaupt anatomisch korrekt?«

»Ich habe auf dich gewartet ...«

»Sag bloß.«

»Wie wär's mit einem fairen Kampf, unbewaffnet, Frau gegen Frau?«

Auf was für Ideen die Leute kommen. Kaum zu glauben.

»Wie wär's mit leck mich am Arsch? Fairer Kampf ... pfft. Da könnte ich ja verlieren.«

Ich schoss ihr zwei Kugeln in den Kopf, sie klappte zusammen. Ich erwartete halb, auf ihrem Rücken einen Schlüssel zu sehen, mit dem man sie wieder aufziehen konnte.

Wenn sie auch zum »inneren Kern« gehörte, hätte ich mir den Transport der glitschigen Fracht in meinem Gürtel sparen können. Aber wenn ich es einmal dabei hatte, konnte ich genauso gut Westfalls Auge nehmen, um das Tor im Zaun zu öffnen.

Ich hielt Guidos Glubschi vor die Kamera, sagte die magischen Worte: »Hal, öffne das Gondelschleusentor!«, es klackte und ich konnte das Tor aufdrücken.

»Knarre runter!«

Von hinten ran geschlichen, ohne dass ich ihn gehört hatte. Das Wummern in meinem Schädel musste ihn übertönt haben.

»Ok. Ich sichere nur.« Ich legte den Hebel an der FN um und ließ sie fallen.

»Der Gürtel, dann Hände hoch.«

Ich löste die Koppel, weitere Teile meiner Bewaffnung fielen zu Boden.

Hinter mir das Geräusch wieder einsetzender Atmung. Der Typ war erleichtert, vielleicht triumphierte er auch ein bisschen. Ich wollte den Moment der Entspannung nutzen und beugte mich nach hinten zu einer Pose, die in einem Eastern wahrscheinlich »Bambus, der sich im Winde wiegt« heißen würde. »Durchschnittlich begabte Limbo-Tänzerin« traf es besser. Ich legte den Kopf in den Nacken und sah – umgedreht – das erstaunte Gesicht eines weiteren Söldners. Der Winkel stimmte, ich drückte den Abzug der Doppelläufigen auf meinem Rücken, das Gesicht verwandelte sich in eine Landschaft rotglänzender Krater. Hatte ich die Flinte doch nicht umsonst durch die Gegend geschleppt.

Als ich mich wieder in die Vertikale pumpte, wurde mir schwindelig. Ich musste kotzen. Hallo Regenwürmer, da seid ihr ja wieder. Dann stieg mir ein fieser Geruch in die Nase. Aber nicht der von Kotze.

»He, Kowalski!«

Caspar von Lindenthal, Mr. Orange. Na, sowas.

Bei einem nächtlichen Absprung aus viertausend Metern konnte er eigentlich schon froh sein, überhaupt die Insel getroffen zu haben. Aber Gärtner hätte ein Bad im Meer und ein paar Stunden Paddelei in dem winzigen Schlauchboot einem verstauchten Fuß vorgezogen. Ein paar Meter über der Lichtung hatte ihn eine plötzliche Windbö fort getrieben, der Fallschirm verhedderte sich in den Baumkronen, und als Gärtner sich aus den Gurten löste, entpuppte sich der Ast, an den er sich klammern wollte, als morsch.

Nachdem er seinen Stiefel mit zusammen gepressten Zähnen langsam wieder über das geschwollene Gelenk gezogen hatte, improvisierte er aus einem stabilen Stück Ast und ein paar Metern Seil eine Schiene, die den Fuß stabilisierte. Immer noch löste jedes Auftreten den Wunsch aus, laut zu schreien. Aber wenigstens konnte er auftreten. Wäre der Fuß gebrochen, hätte er über die Insel robben müssen, und dann hätte es noch länger gedauert, Mücke zu finden.

Wenn sie hier war.

Nach einer Stunde ergebnisloser Erkundung stieß Gärtner auf die erste Leiche. Ein Mann, bewaffnet mit einem Beretta SCP, aber das hatte ihm offensichtlich nicht geholfen. Ein Messergriff ragte aus seinem Ohr. Am Gürtel der Leiche hing eine leere Scheide. Entweder man hatte ihn mit seinem eigenen Messer getötet, oder der Mörder hatte es einfacher gefunden, das mitgebrachte Messer stecken zu lassen und stattdessen ein anderes mitzunehmen.

Konnte sein, dass Mücke den Mann getötet hatte.

Vielleicht auch nicht.

So oder so, wenn irgendwo Tote rumliegen, Sturmgewehr noch im Anschlag, war Mücke im Allgemeinen nicht weit weg.

Konnte natürlich immer noch sein, dass sie sich plötzlich entschlossen hatte, alle Kontakte zu ihrem Vater abzubrechen und für MC Hörsturz als Go-Go-

Girl nackt in einem Käfig zu tanzen. Zuzutrauen war ihr das. Und hier auf der Insel lief ein ganz anderer Film. Aber die Wahrscheinlichkeit argumentierte ziemlich laut dagegen.

Gärtner schätzte ein, wie lange sein Fuß noch mitmachen würde und bewegte sich in Richtung Leuchtturm. Zwecklos, noch weiter durch den Wald zu humpeln. Wenn irgendwo Antworten zu finden waren, und seine Tochter, dann dort. Er prüfte seinen Rucksack: Das Päckchen war unbeschädigt. Würde sie sich bestimmt drüber freuen.

Na klar, dachte er, mach dir ruhig was vor.

»Da soll mich doch der Blitz beim Kacken treffen!«, sagte ich und wischte mir etwas Magensaft aus dem Mundwinkel. Caspar lachte.

»Genau das ist mir passiert! Nun, nicht ganz, ich hatte meine Hosen noch oben.«

»Dein Halsband …«

Er hielt es in der Hand.

»Ja. Ich dachte: Gegen all die jungen Hüpfer hier sehe ich buchstäblich ziemlich alt aus. Warum also nicht was Verrücktes riskieren? Bei dem Gewitter gestern habe ich mit dem Taser ein paar tausend Volt durch das Halsband gejagt. Nicht sehr angenehm, das kann ich dir sagen. Ich war stundenlang außer Gefecht. Bin immer noch ein bisschen daneben, um ehrlich zu sein. Aber es hat geklappt. Die dachten, ein Blitz hätte mich getroffen.« Er sammelte die FN ein, während ich noch über meinem Erbrochenen kniete. »Die nehme ich, ok? Dein Arm sieht nicht so gut aus, du kannst besser die Pistole in die Linke nehmen, oder?« Er hob den Gürtel am Halfter der Glock auf, gab ihn mir aber nicht.

»Ja … stecken ein paar Schrotkugeln drin. Und dann bist du hierher gekommen …«

»Ich dachte mir, dass der Showdown hier stattfinden würde. Stimmt ja auch. Von den anderen ist keiner mehr übrig?«

»Nein, nur ich.« Ich stellte mich wieder hin. Nicht so einfach, wie ich gedacht hatte.

»Ich wusste doch, dass du gewinnen würdest!«, sagte Caspar.

»Mein Halsband bin ich durch einen Deal mit unseren Gastgebern los geworden.«

»Da wollte ich gerade nach fragen.«

»Jaaa …«

»Wir können sie jetzt fertig machen. Lass uns rein gehen.«

»Vielleicht gibst Du mir dann endlich mal die Glock?«

»Ich weiß nicht. Du siehst insgesamt ziemlich daneben aus.«

»Kann sein, dass ich eine Gehirnerschütterung habe. Die Glock. Jetzt.«

»Es wäre vielleicht besser, ich gehe voraus. Du bleibst hinter mir.«

Er wollte sie mir nicht geben. Ich wusste, warum.

Ich schloss für eine halbe Sekunde die Augen, um mal für eine Runde aus der Achterbahn auszusteigen. Caspar stand einen Meter vor mir. Es musste schnell gehen. Und ich hatte nur noch eine Waffe. Dummerweise am Ende des Armes, der gerade mal so eben im Notprogramm lief. Aber ich hatte nicht vor, mit ausgefeilter Feinmotorik zu glänzen. Ein grober Schwinger musste reichen.

Ein Schritt nach vorn. Meine rechte Hand traf Mr. Orange, bevor er reagieren konnte. Meinen Ersatz-Ringfinger hatte ich nach innen gedreht. Die künstliche Haut pellte sich ab, als der Keramikstachel, der den Knochen ersetzte, hinter Caspars Kehlkopf in den Hals drang. Ich machte einen halben Schritt zurück und hatte den Adamsapfel in der Hand.

Caspar wollte die FN heben, aber ich drückte sie mit links zur Seite. Nur ein paar Sekunden, dachte ich, nur so lange, bis er fertig ist. Wir taumelten zusammen zwei oder drei Schritte wie in einem betrunkenen Tango, stolperten über unsere Beine, fielen hin. Ich lag auf seinem rechten Arm, die Schüsse aus der FN landeten im Sand. Er versuchte mit seiner Linken, die Blutung zu stoppen, sah ein, dass er das nicht mehr schaffen konnte und tastete dann nach dem Gürtel, um sich wenigstens mit der Glock oder dem Messer bei mir zu revanchieren.

Ich hätte ihm gerne den Stachel ins Auge gerammt, aber mein erster Hieb hatte die letzten Reserven an Kraft und Konzentration verbraucht. Reden klappte aber noch. Klappt immer. Papa sagt, bei Männern würde der Bart nach dem Tode angeblich eine Zeit lang weiter wachsen, bei mir würden bestimmt noch Worte aus dem Mund fallen. Konnte stimmen.

»Rauchen schadet Ihrer Gesundheit, Caspar, weißt du doch. Fragt sich nur, wo du die Kippen her hast. So, wie du stinkst, kann die letzte höchstens eine Stunde her sein.«

Er bekam das Messer am Heft zu fassen. Statt es aus der Scheide zu ziehen, schleuderte er mit einer ausholenden, schnellen Bewegung den kompletten

Gürtel beiseite. Das Ziel seines eleganten Schwungs: mein Herz. Ich konnte die rechte Hand hinhalten, Caspar spießte seinen Unterarm auf meine Prothese. Das Messer traf meinen Brustkorb, aber er hatte es nicht mehr fest im Griff. Die Klinge schnitt durch die Haut, rutschte aber an den Rippen ab.

»Außerdem wussten die ein bisschen viel über uns alle. Die Sache in Berchtesgaden zum Beispiel. Konnten sie nur von dir haben.«

Für einen alten, tödlich verwundeten Mann mobilisierte Caspar erstaunlich viel Kraft. Er wälzte sich auf mich, versuchte, uns beide noch weiter zu rollen, um seinen rechten Arm wieder zu befreien und mich mit dem Inhalt der FN zu perforieren. Aber als er auf mir lag, kam er näher, als ich sittsam fand. Ich habe nur noch einen oder zwei echte Zähne. Die anderen waren im Laufe der Jahre auf die eine oder andere unangenehme Weise verloren gegangen, da hatte ich sie durch verbesserte Versionen ersetzen lassen. Meine Schneidezähne zum Beispiel sind sehr scharf. Und wenn der eine nicht von der Schrotkugel halbiert worden wäre, hätte ich Caspars Nase jetzt komplett im Mund gehabt. So aber hing sie noch an einem Hautfetzen fest, als er sich von mir befreien wollte. Statt eines Schreis brachte Caspar nur noch ein »Grlghk!« zustande, mit dem er einen Schwall Blut aus seinem Hals, ohne Umweg über den Mund, auf mein Gesicht exportierte. Der Hautfetzen riss mit einem lauten »Schnapp«, Caspar rollte von mir runter. Ich spuckte den Knorpel aus. Schmeckte, als ob man einen vollen Aschenbecher ausleckt.

»Und das wichtigste Indiz: Erinnerst du dich, wie ich mich über unsere farbige Codierung beschwert habe? Ausgerechnet bei Tarantino klauen? Vielleicht kennst du den Film nicht, aber, Achtung, Spoiler, da war Mr. Orange der Verräter. Zufall? Nein, mein Herr!«

Konnte sein, dass er den letzten Satz nicht mehr gehört hatte. Es blubberte nur noch leise aus dem Loch in seinem Hals, seine Bewegungen waren schwach und unkontrolliert.

Ich riskierte, seinen Arm freizugeben, als ich mich zu dem Gürtel mit der Glock wälzte. Caspar versuchte tatsächlich in einem letzten Aufbäumen, die FN auf mich zu richten, aber zwei Gegenargumente aus der Pistole überzeugten ihn, das besser zu lassen.

Ich saß eine oder zwei Minuten nur da, lauschte dem Dröhnen in meiner Birne, fühlte das Blut an meinen Rippen herunter laufen, versuchte, den Nikotingeschmack auszuspucken und wartete darauf, dass endlich jemand kommen würde, der es schaffte, mich zu töten.

Aber die Freiwilligen waren meinen Gastgebern anscheinend ausgegangen, also musste ich mir ein paar Unfreiwillige suchen.

Ich nahm die FN wieder an mich und zerschoss die Kameras. Jemand schaltete die Scheinwerfer aus. Ich kramte das Nachtsichtgerät aus der Gürteltasche und erwartete einen Angriff, aber da kam immer noch nichts.

Eine Stahltür in einem hölzernen Gebäude ist sinnfrei, wenn jemand rein will, der das richtige Werkzeug dabei hat, sich eine eigene Tür zu schnitzen. Dachte ich in voreiligem Triumph.

Ich jagte also ein paar Schüsse aus der FN in das Holz, merkte aber schnell, dass die Leute in der Zentrale doch nicht so doof waren: Hinter den Brettern schlugen die Kugeln in Beton. Man hatte den Turm von innen gepanzert. Kacke. Jetzt wäre ein Raketenwerfer mit passenden Geschossen nützlich gewesen, aber ich wollte nicht warten, bis einer durch spontane Mutation auf dem nächsten Baum wuchs.

Das Fenster in der ersten Etage hielt den Kugeln auch stand. Die Verglasung ganz oben, rund um den rotierenden Scheinwerfer, verwandelte sich bei Kontakt mit Blei allerdings in Scherben.

Bei ACME anrufen und den faltbaren, selbstaufstellenden Taschen-Aufzug bestellen?

Schön wär's.

Das waren vielleicht sechs oder sieben Meter, mehr nicht. In besserer Verfassung hätte ich an der Fassade hochklettern können, aber mit dem schlappen rechten Arm war das unmöglich. Kacke.

Eine Leiter basteln dauerte mir zu lange, ein Seil würde schon reichen. Aber woher nehmen? ›Er hat zwei Schildkröten zusammengebunden? Was hat er als Seil benutzt?‹ – ›Menschenhaar ... von meinem Rücken.‹

Das war natürlich Blödsinn. Aber andererseits gibt der menschliche Körper schon einiges her. Ich hatte hier zum Beispiel drei Mal meterweise Dünndarm zur Verfügung. Einen Versuch war's wert.

Nachdem ich das glibberige Zeug abgetrocknet und den Inhalt raus gepresst hatte, ließen sich die organischen Schläuche ganz gut flechten. Komisch, ich hatte das nie gelernt, trotzdem schafften meine Finger das ganz alleine. Es schien mir sogar, als wäre meine halbtote rechte Hand wieder zum Leben

147

erwacht, aus Freude darüber, einer vergessenen, aber geliebten Erinnerung folgen zu können. Sehr merkwürdig, ich hatte meine Haare nie lang genug getragen, als dass Zöpfe sich gelohnt hätten. Das Flechten mussten irgendwelche Tanten mir beigebracht haben, als sie noch hofften, ich wäre wie die anderen kleinen Mädchen.

Fertig, und das sah ganz gut aus. An das eine Ende hatte ich eine Schlaufe geknüpft, in die ich nun meinen Fuß stellte. Das andere Ende beschwerte ein eingeflochtener Stein.

Ich schwang das dicke Ende ein paarmal hin und her, ließ es über meinem Kopf kreisen, und als ich dachte, der Schwung würde reichen, ließ ich los.

Ich traf noch nicht einmal den Turm.

Obwohl ich direkt davor stand.

Kacke.

Sah so aus, als würde es ein bisschen dauern.

Versuch Nummer vierundvierzig brachte den Erfolg: Der Stein zerdepperte den Scheinwerfer des Leuchtturms, mein Seil aus hundert Prozent organischem Material verhedderte sich in einem Teil des Scheinwerfergestells.

Es drehte sich natürlich auch ohne Licht weiter und wickelte das Seil auf. Das spannte sich, spannte sich noch ein Stückchen mehr, und gerade als ich dachte, es würde mit einem lauten »Schnapp« reißen und mir noch einen Peitschenhieb verpassen, da hob ich ab.

Ich bewegte mich langsam nach oben, hörte die unfreiwillige Winde über mir ächzende, mechanische Geräusche der Empörung absondern, begleitet vom einsaitigen Bass des improvisierten Seils, dessen Tonhöhe im Einklang mit meiner Fallhöhe stieg.

Natürlich riss das Seil in dem Moment, als ich meinen linken Arm in die Scherben steckte, die auf dem Fensterbrett lagen. War ja klar. Aber ich bekam die Kante zu fassen, und nach einer schweißtreibenden Minute lag ich auf den Holzdielen im Inneren des Turms und sah dem Scheinwerfergestell beim Drehen zu. Jetzt wieder geräuschlos, bis auf das leise »Plapp«, mit dem der Rest meines Seils die Stahlrohre streifte.

Außer der Glock, dem Messer und der Pfanne hatte ich alles unten gelassen. Gut so, das Mehrgewicht hätte das Seil schon früher reißen lassen. Aber ob diese Ausstattung für das große Finale reichte, war fraglich.

Ich rappelte mich hoch, wollte mich auf den Weg nach unten machen, als mein Blick an dem Erste-Hilfe-Kasten hängen blieb. Konnte ich mich endlich gescheit verbinden. Und noch besser, gleich darunter auf dem kleinen Schreibtisch: Jemand hatte eine Banane hier oben vergessen. Sie war schon ziemlich braun und weich, und ich musste meine linke Faust ballen, um den Kotzreflex zu unterdrücken, als ich sie, mehr lutschend als kauend, runter schlang. Trotzdem: Endlich wieder was zu essen. Ein halbes Hähnchen wäre mir lieber gewesen, aber für den Anfang reichte es. Ich fühlte mich, als ob ich ein paar Zentimeter wachsen würde. Und meine Laune besserte sich auch wieder: Der Hunger hatte ein paar ziemlich üble Mordmethoden in meinem Hirn nach oben gespült, aber jetzt durften sich meine Gastgeber auf ein vergleichsweise schnelles Ableben gefasst machen.

In der Zentrale hörten sie die Schüsse, und der Regisseur bedauerte, dass beim Bau der Anlage niemand Kameras in den Gängen für nötig gehalten hatte.

Außer ihm und dem Produzenten waren nur noch vier weitere Mitglieder des inneren Kerns übrig. Der Produzent hing gespielt lässig in seinem Sessel und nippte an einem Glas Orangensaft. Die Anderen taten ebenfalls sehr cool, aber keiner entfernte sich allzu weit von seiner Waffe oder der nächsten Deckung.

Eine Zeit lang blieb es still, sowohl draußen, als auch in der Zentrale.

»Wir sollten nachsehen«, sagte einer, aber niemand reagierte auf den Vorschlag.

Die Tür wurde aufgerissen, ein pinkfarbener Blitz stürmte in den Raum, wild um sich schießend. Bernd Thüring fasste sich mit einem Aufschrei an die Schulter, die anderen entluden panisch ihre Magazine in den Angreifer.

Aber das war nicht Kowalski.

Sie lehnte im Türrahmen, trug nur noch Schuhe, Unterhose und BH, Brustkorb und rechter Unterarm in Bandagen, hielt eine Pistole in der Linken und deutete auf die Leiche in der Mitte des Raums. »Er hatte die Wahl zwischen einer Kugel in den Kopf, oder hier rein stürmen. Wir hatten uns wohl beide mehr versprochen von seiner Entscheidung.«

Sie ging ein paar Schritte in die Zentrale hinein, bestaunte die Monitore, das Kontrollpult und den gediegenen Luxus der Bar und der Zuschauerplätze.

»Boah, total blofeld!«

Sie schlurfte zum nächsten Sessel und ließ sich hinein fallen. Werner Klung tastete unauffällig nach einem neuen Magazin für seine Maschinenpistole, aber sie merkte es.

»Leg das Ding sofort zurück, sonst kracht es!« Sie schaute in die Runde.

»Was ist? Gefällt es euch nicht? Unterhalte ich euch nicht? Seid ihr nicht deshalb hier?«

Der Produzent ergriff das Wort. »Was willst Du jetzt? Komm zur Sache, erschieß uns, aber schwing keine Reden. Wir sind dein Gelaber leid.«

»Ach, guck, wer da einen auf Macho macht: Jean-Jaques Petersen! Wer hätte das gedacht! Das ändert natürlich ... rein gar nichts. Aber das erklärt einiges. Wen habe ich gestern umgebracht? Eine Holographie?«

»Einen Doppelgänger.«

»Wie altmodisch. Und zum Thema: Du hast mir keine Forderungen zu stellen, Bubi, jetzt wird im Takt meiner Trommel gerudert. Als erstes: Wer ist der Filmfreund?«

Der Regisseur zögerte, aber die Blicke der anderen entlarvten ihn, also konnte er sich auch melden. »Ich bin der, mit dem du die meiste Zeit gesprochen hast.«

»Freut mich, dich kennen zu lernen. Ok, Kupferkopf, was ist dein Lieblings-Horrorfilm?«

»Äh, ich weiß nicht, es gibt viele gute ... Moment, das ist auch ein Zitat, das ist aus– oh mein Gott, schlitz mich nicht auf, bitte! Ich habe nie jemanden getötet. Von mir stammt nur die ganze Technik ...«

»Aber zugucken tust du auch, oder? Das ist natürlich viiieeel besser! Und keine Sorge, ich habe gar kein Messer. Außerdem sind Messer zu persönlich, und das hier ist rein geschäftlich.«

Kowalski schoss dem Regisseur eine Kugel in den Kopf. Pascal Mölders toter Körper kippte nach vorn und fiel vom Stuhl.

»Ihr habt nicht so ein Glück wie er, für euch degenerierte Schweinepriester habe ich mir ein spannenderes Programm ausgedacht. Der ganze Zirkus hier kotzt mich so richtig ...«

»Tu doch nicht so! Du hast dutzende Leute ermordet! Deshalb haben wir dich überhaupt ausgewählt! Und wir haben gesehen, was für ein krankes Stück Scheiße du bist! Du bist kein bisschen besser als ...«

»Natürlich bin ich besser. Deshalb sitze ich hier mit einer Glock in der Hand und ihr steht da mit heruntergelassenen Hosen. Aber jetzt wollen wir es uns mal so richtig gemütlich machen. Aaaalso ...«

Kowalski stoppte, als durch die Tür eine gepfiffene Melodie hallte.

Das Delfino-Plaza-Thema, aus Super Mario Sunshine. Ich hasse dieses Lied. Ich hatte damals mit der Kassette in der Hand schon bereit gestanden. Ja, Kassette, VHS, so lange ist das her. »Stell dich nicht so an, du hast diesen Film schon ein Dutzend Mal gesehen, mindestens«, das waren seine Worte. Dann bekam ich alle fünf Minuten »Nur noch diesen einen Level« zu hören. Irgendwann nach anderthalb Stunden Starren auf den verkackten Pixel-Klempner, untermalt von allen möglichen Variationen dieser Kack-Musik, war mir der Faden gerissen. Ich hatte den Stecker aus der Konsole gezogen. Fand er nicht lustig. Als er ihn wieder einstöpseln wollte, »So nicht, Fräulein!«, ging ich auf ihn los, es folgte ein Kampf auf Leben und Tod. Jedenfalls von meiner Seite. Leider hatte Papa mir damals noch nicht alle Tricks beigebracht, die er kannte, und ich wachte erst am anderen Morgen wieder auf. Immerhin hatte er mir als Trost Chicken Wings zum Frühstück besorgt. Sonst galt: kein Fast Food vor Feierabend. Und einen eigenen Fernseher bekam ich auch.

Das Pfeifen kam näher, dann hörte es auf.

»Hallo, Mücke.«

»Tag, Papa.«

»Was ist hier los?«

Der war ja wieder überschwänglich.

»Die Schwachmaten hier dachten, es wäre eine gute Idee, mich gegen ein paar unserer Kollegen antreten zu lassen.«

Papa stellte sich neben mich, musterte die Gruppe und reichte mir einen kalten Wrap. Salat, Puten-fleisch, Sauerrahm. Nicht schlecht. Was Heißes, Fettigeres wäre mir lieber gewesen, aber das hätte er kaum bis hierhin warm halten können. War schon ganz nett von ihm.

»Ok. Einzelheiten später. Mach sie fertig, und dann weg.«

»Was? Nein! Ich wollte gerade erklären, was für lustige Party-Spiele ich mir ausgedacht habe!«

»Keine Zeit. Ich werde in einer Viertelstunde abgeholt. Du kommst mit.«

»Ach, menno ...« Ich überlegte, ob ich mit ihm streiten sollte. Aber ich war mir ziemlich sicher, dass er immer noch ein paar Tricks für sich behalten hatte. Aber er hatte sich sein Bein verletzt. Hm. Er musterte mich, ich glaubte, ein bisschen Bedauern in seinem Blick zu erkennen. Oder war er sauer? Vielleicht bereute er gerade seine Rettungsaktion. Aber dann sprach er sehr leise mit mir. »Mücke, du kapierst das wieder nicht, aber du pfeifst gerade auf dem letzten Loch. Du kannst dich kaum noch aufrecht halten. Ich bin auch angeschlagen. Also räum jetzt auf und komm. So lange wir noch vorne liegen. Bitte.«

Kacke, musste er mich an meine schlechte Verfassung erinnern? Meine Konzentration ließ einen Moment nach, die Welt wurde unscharf. Ich biss einen weiteren Happen von dem Wrap ab, und der Fokus war wieder da. Aber trotzdem: vielleicht hatte Papa recht. Besser die Koffer packen.

»Gut. Gib mir zwei Minuten. Aber wir nehmen jemanden mit. He, Petersen, wo ist Niko?«

Der König dieser Köttelpolierer zuckte zusammen. Vielleicht hatten die gehofft, wir hätten sie vergessen.

»Links, den Gang runter bis zum Ende, dritte Türe rechts.«

»Die Nummer?«

»Die Dateien sind auf Pascals ...«

»Dann guck nach«, sagte ich sehr freundlich und lächelte ihn an. Er lief zu dem Arbeitsplatz des toten Rothaarigen und klickte in irgendwelchen Menus herum, bis auf dem größten Monitor eine Tabelle erschien.

»4357 oder 8959, das kann ich jetzt nicht so genau sagen ...«

»Ok. Papa, ich habe hier den Mann meiner Träume gefunden. Wir werden heiraten.« Fast hätte er ein dummes Gesicht gemacht. »Hol du ihn aus seiner Zelle. Merk dir die Zahlen, die sind für das

Halsband. Wirst du schon sehen. Wo wartet das Taxi?«

»Birte Helberg kommt mit einem LongRanger zum nord-nord-östlichen Strand.«

»Dirty Birty? Lerne ich die auch mal kennen … LongRanger haben sieben Sitzplätze, oder?«

»Der nicht. Sie hat ihn bewaffnet. Sind nur noch vier Plätze für Passagiere.«

»Cool. Ok, hol Niko. Ich komme nach.«

Ein skeptischer Blick, aber dann ging er.

»Jetzt zu uns, meine Lieben. Ich wollte eigentlich zuschauen, wie ihr euch gegenseitig die Eier abbeißen müsst und solche Scherze, aber ihr habt ihn ja gehört. Deshalb kommt jetzt die Zeitraffer-Version eures eigenen Spielchens. Ich mache die Tür zu und haue ab. Wer von euch in einer Viertelstunde am Landeplatz ist, darf mitkommen. Ganz ehrlich. Ich stehe zu meinem Wort. Die anderen drei sollten dann besser nicht mehr leben. Ihr wisst ja: Es kann nur einen geben. Wenn ihr mich verarschen wollt, finde ich das heraus. Und dann … Naja, ich habe immer noch die Pfanne. Die lernt ihr dann kennen, wenn ich euch den eigenen Schwanz, schön kross gebraten, in den Mund stecke.«

Obwohl: Bei meinen Kochkünsten wären die Würstchen bestimmt so angekokelt und ungenießbar wie die vom verstorbenen Guido.

Birte Helberg setzte den Hubschrauber sanft auf den Strand. Sie drückte ein paar Schalter, ließ den Motor aber laufen. Auf die Minute pünktlich gelandet. Natürlich. Und jetzt würde sie genau zehn Minuten warten. Wenn Kowalski innerhalb dieser

Frist nicht käme, ginge es zurück zum Festland. So war es abgemacht. Heute Abend würde sie dann etwas weniger gut einschlafen, der Mann war ganz in Ordnung. Aber er hatte ihr eine große Summe Geld gegeben, und die konnte er schlecht zurückfordern, falls er tot war.

Aber er lebte noch. Er humpelte auf den Landeplatz zu, zusammen mit einem hübschen jungen Mann, der nicht viel geschickter durch den Sand lief. Hundert Meter hinter ihnen folgte eine junge Frau in Unterwäsche, teilweise bandagiert, auch sie taumelte ein wenig. Birte ging davon aus, dass diese Frau nicht mehr leben würde, wenn sie eine Gefahr für Kowalski darstellte. Also konnte sie sich nutzlose Warngesten sparen, und sie musste auch nicht auf die hinteren Plätze wechseln, um mit einem Bleiregen einzugreifen.

Kowalski und der schwarzhaarige Bursche kletterten mühselig an Bord und schnallten sich an. Die Frau öffnete die Tür zum Cockpit und schrie über den Lärm des Motors und der Rotorblätter hinweg: »Hi, ich bin Kowalski, freut mich. Wir warten noch ein paar Minuten, wenn's recht ist.«

Dann war dieses dürre Ding Kowalskis Tochter? Ein Wunder, dass sie nicht vom Wind der Rotorblätter weggeweht wurde ... Schade, dass ihr Vater nie sein Glück bei Birte versucht hatte. Da wäre vielleicht was Beeindruckenderes bei raus gekommen. Vor allem nicht eine Stimme, die so klang, als hätte man ihr den Sprechapparat eines Orks implantiert. Birte sah nach hinten, Kowalski senior nickte. Also warten.

Das Mädchen stieg zu den beiden Männern in die Kabine. Birte hörte ein entzücktes Quietschen und drehte sich um. Kowalskis Tochter machte sich an dem MG zu schaffen. Vor ein paar Sekunden hatte sie ausgesehen, als ob ihr noch nicht ganz klar wäre, dass sie nicht mehr unter den Lebenden weilte, aber nun tanzte sie mit dem an einer Kette aufgehängten MG wie mit einem Latin Lover. Birte bemerkte erst jetzt das Blut auf ihrem Brustkasten, die Wunden im rechten Arm und die zahllosen Narben, die über ihren halbnackten Körper verteilt waren.

Das Kowalski-Mädchen zeigte Birte einen Hochdaumen und grinste sie an. Die Haut ihres rechten Ringfingers baumelte vom Knöchel herab, während ein merkwürdig spitzer Knochen die Faust komplettierte. Birte lächelte zurück, und es fiel ihr nicht schwer, weil das Mädchen ja doch ganz nett wirkte. Obwohl sie es nicht auf die Reihe bekam, ihre Augenlider ganz zu öffnen, oder wenigstens auf gleiche Höhe zu justieren.

Das war also Dirty Birty. Papa hatte gelegentlich von ihr erzählt, aber ich war trotzdem überrascht. So ein LongRanger ist einigermaßen geräumig, aber sie füllte fast das ganze Cockpit. Bemerkenswert dabei: Sie war nicht fett, jedenfalls nicht sehr. Sie war einfach nur kolossal. Angeblich hatte sie drei Kinder. Keine Ahnung, wie man überhaupt die Schwangerschaft festgestellt hatte. Wahrscheinlich waren die eines Tages einfach rausgefallen, beim Abwaschen oder so. Oder die Blagen waren auch solche Giganten, die eine normal gebaute Frau wie mich bei der Geburt auf links gedreht hätten.

Nach der Begrüßung wollte ich zu Papa und Niko in den Hubschrauber, aber da kam die nächste

Überraschung: Birte hatte ein M2 in den Hub-schrauber gehängt. Das M2 ist die Harley-Davidson unter den Maschinengewehren: Veraltet, aber cool. Und so, wie auf der Harley jede Umdrehung des klassischen Zweizylinders den Kitzler stupst, kann man bei der M2 mit der richtigen Einstellung des hydraulischen Verschlussdämpfers die Schussfre-quenz soweit senken, dass es im ganzen Körper schön vibriert. Und die .50 Geschosse sind größer als so mancher Pimmel. Ich spielte mit dem MG herum, Birte lächelte etwas indigniert. Ja, sorry, bei solchen Sachen vergesse ich meinen Anstand und das ganze Konzept von ›Mein‹ und ›Dein‹.

Papa reichte mir ein Headset und fragte mich, worauf wir warten.

»Ich habe den Typen mein Wort gegeben, dass wir ganz genau einen Überlebenden mitnehmen werden. Die schlagen sich jetzt gegenseitig die Köpfe ein. Geben wir ihnen noch zehn Minuten.«

Nach acht Minuten bewegte sich etwas am Waldrand. Jemand kam angestolpert. Petersen. Als er sich bis auf zwanzig Meter an den Hubschrauber heran geschleppt hatte, verpasste ich ihm eine Ladung aus der M2. Zehn Schuss, mehr konnte er aufrecht nicht vertragen. Als er im Sand lag, schickte ich nochmal zwanzig Kugeln ab. Wenn man mich gefragt hätte: Um sicher zu gehen. Aber das wäre natürlich gelogen.

Leider entging Petersen die Ironie, dass sein Doppelgänger gestern vom gleichen Kaliber getötet wurde, wenn auch aus einer weitaus raffinierteren Waffe.

Birte zog auf meine Geste hin den LongRanger hoch. Ich ignorierte Nikos verstörten Blick, legte den Gurt an und lehnte mich an Papas Schulter.

»Ich dachte, du hast ihm dein Wort gegeben …«

»Ja. Aber andererseits hat man mich engagiert, ihn zu töten. Und ich breche keine Verträge.«

»Wer hat dich engagiert?«

»Wahrscheinlich er selber.«

Ich schlief ein mit dem Gedanken, mich an Niko in den nächsten Tagen gesund zu stoßen. Hihi.

Die Frau drückte einen Knopf auf der Fernbedienung, das Bild auf dem Monitor erlosch. Es gab nichts mehr zu gucken, ihr zweitjüngster Sohn würde nicht aufstehen und mit dem für ihn typischen, schelmenhaften Grinsen den Sand aus seiner Kleidung schütteln.

Als die Kugeln Jean-Jaques Petersen zerfetzten, hätte seine Mutter fast aufgeschrien. Aber natürlich unterdrückte sie diesen Impuls. Der Junge war selber schuld. Hätte er nur auf sie gehört. Seine albernen Jagdspielchen waren schon dumm genug, auch wenn sie lange gut gegangen waren. Er verdiente sogar ein bisschen Geld damit.

Aber einen Haufen Killer auf die Insel zu entführen, das musste ja schief gehen. Er hatte die Warnungen seiner Mutter in den Wind geschlagen, wie immer. Das hatte er nun davon.

Jean-Jaques war von allen ihren Kindern das Unvernünftigste, vielleicht war dieses Ende unvermeidlich. In der Erbfolge stand er erst an vierter Stelle, er hätte nur die Petersen-Logistik bekommen, die extra so organisiert worden war, dass auch ein inkompetenter Geschäftsführer nicht viel Schaden anrichten konnte.

Trotzdem durfte sein Tod auf keinen Fall ungesühnt bleiben.

Hildegard Petersen schickte Emails an seine Geschwister, in denen sie, nach Blick in den firmeninternen Terminplan, für den übernächsten Mittwoch Nachmittag ein Gespräch ankündigte. Man würde über das Schicksal der Frau, Kowalski, diskutieren, und wie sie am besten zu töten sei.

Aber nun galt es, den Wirtschaftsminister anzurufen, um mit ihm über die überfälligen Genehmigungen für das neue Dock 18 der Petersen-Werft zu sprechen.

DANKE

an Torsten Viergutz
und
meine Frau Andrea, trotzdem

KONTAKT

Kritik oder Lob, Fragen oder Anregungen?
Schreiben Sie mir: baf@prosaschleuder.de

Weitere Romane von B. A. Fuchs:

SÜDSCHIENE

Michael Eichendorf, Archivar beim Verfassungs-schutz, soll Kontakt mit dem Verkäufer einer Stasi-Akte aufnehmen, aber der Mann wird ermordet. Und er ist nicht der letzte Tote …

Was steht in dieser Akte? Was macht sie mehr als 20 Jahre nach dem Ende der DDR noch so brisant, dass Menschen dafür sterben müssen? Was wird am Tag der Deutschen Einheit passieren?

Auf der Suche nach Antworten kommt Michael auf die Spur einer mörderischen Verschwörung, die Deutschland in seinen Grundfesten zu erschüttern droht. Zur Seite steht ihm nur eine ebenso attraktive wie skrupellose Leibwächterin. Aber wie weit reicht deren gekaufte Loyalität?

BLEILAWINE

Rosalie Montag und Jaromil Puletka lieben sich, aber ihre Eltern leiten Schmugglerbanden, die im deutsch-tschechischen Grenzgebiet konkurrieren.

Schlechte Aussichten für die Zukunft des jungen Paares, bis eines Tages Kowalski in das Dorf kommt ...

Die filmverrückte Nervensäge und professionelle Mörderin lässt sich von Rosalie engagieren, deren Probleme mit aller Gewalt zu lösen.